Elisabeth Obalski-Hüfner · Obsd as glaubst oder ned

Elisabeth Obalski-Hüfner

# Obsd as glaubst oder ned

## Gedichte und Geschichten

Illustrationen von
Ludwig Richter und Grandville

Verlag Claus Obalski

Postfach 12 · 82067 Ebenhausen/Isartal
Gesamtherstellung: Druckerei & Verlag Steinmeier, 86720 Nördlingen


ISBN 3-922645-19-4

# Inhalt

# Da Kalender

Jetzt is mei Wandkalender leer,
er trogt koa oanzigs Blattl mehr,
bloß Fetzerl an da Klammer.
Zaronna san die Dog wia Sand.
A heller Fleck bleibt an da Wand
beim Türstock in da Kammer.

Warn hintn amoi Verserl drauf,
die mia guad gfoin ham, i heb s auf,
zum Beischpui Rilke, Heine.
Rezepte ham mi intressiert,
und i hob manche ausprobiert,
aber nur bsonders feine.

S hod Zeitn gebn voi Not und Gfahr,
und Stundn, wo i glücklich war,
wo i an Freund hob gfundn.
Die Blattl, oans für jedn Dog,
ob voller Freid, ob voller Plog,
san ollesamt vaschwundn.

Wieda is da Kalender neu.
Wos wead woih olles drinna sei
im Jahreszeitnrahma!
No liegt er schwer in meina Hand.
Voi Zuversicht häng i n an d Wand
und denk ›In Gottes Nama!‹

# Spaziergang im Januar

Es is a Wintadog wia olle andern,
im Morgnnebl liegt die weiße Pracht.
S is Ferienzeit,und i hob Lust zum Wandern.
Da Schnee unta de Stiefe knirscht und kracht.

No hod as Liacht de Schleier ned durchdrunga,
an rechtn Weg erkenna, des is schwaar.
Silvester is mit Feuerwerk vaklunga,
ungwohnt und fremd is aa as neue Jahr.

Endlich kummt d Sonna raus für a poor Stundn,
sie strahlt koa Wärm aus, is unendlich weit.
Die Nebelstreifen san jetzt ganz vaschwundn,
a Stückerl blauer Himme macht se breit.

Jetzt könna d Kinda übern Weiher flitzn,
da Bodn aus Glos is spiaglglatt und hoit.
Im Eck hint plärrn und messn d Eisstockschützn,
zwischndreinei wead zammagschobn und zoihd.

Am Dorfrand hintn liegt a freies Bergerl,
wo bis in n Herbst nei Kaibewiesn warn,
do dean a Hauffa dickvamummte Zwergerl
ganz eifrig Schneemo baun und Schlittn fahrn.

Vor Wochn san s no wia Arkadn gstandn
die hohen Lindn, dicht war eahna Laub.
S war oa Insektnsumma, -startn, -landn,
oa Schwelgn in Sonnagluat und Blütnstaub.

Jetzt ragn s in Himme nauf wia schwarze Besn,
san ohne Blätter, regungslos und stumm,
ois wars nia Frühling und nia Somma gwesn.
Nur a poor Krähen fliagn um d Wipfe rum.

Allmählich kriacht da Frost in meine Kleider.
Mi frierts in d Nosn, und es dampft mei Hauch.
Damit s ma warm wead, laf i ganz schnell weida
bis zu meim Haus. Ausm Kamin steigt Rauch.

Die Vogerl draußn deaf i ned vagessn.
As Fuattahäusl is scho wieda laar.
Wenns schneit und koid is, findn s nix zum fressn,
do hams die arma Viecherl bsonders schwaar.

Im Kachlofa prassln dicke Klobn.
A hoaßa Tee, des iss, wos i jetzt mog,
a spannends Buach, jetzt konn da Winta tobn. –
Spürst as? Es bleibt scho länger Dog!

# Wenn s Fruahjohr kummt

Die letztn Wochn war die Nacht
unendlich lang und hart,
da Woid in koida Glitzerpracht
zu Diamant erstarrt.

Do geht a Zauberer durchs Land.
Die Quellen plätschern laut,
wia durch a unsichtbare Hand
zarinnt da Schnee und taut.

Schaug, wia s aus olle Poren schiaßt,
des erste, zarte Grün,
wia munta s Bacherl wieda fliaßt,
wia d Weidnkatzerl blühn.

S Schneeglöckerl läut as Fruajohr ei.
Es tanzt a Mucknschwarm,
a Amsel singt ihr Melodei,
und drauß weads endlich warm. -

# Das traurige Lied vom armen Rehlein

Das Wetter war naßkalt und unfreundlich; schon am frühen Nachmittag waren in den Dörfern die meisten Fenster erleuchtet. Franz Xaver Moosgruber fuhr von München kommend zu seinem Haus in den bayerischen Bergen, das er gemeinsam mit seiner Mutter bewohnte. Mit finsterer Miene saß er hinter dem Lenkrad und grübelte. Nach jahrelanger Ausübung eines technischen Berufes, den er auf Wunsch seiner Eltern in einer Reihe von Semestern studiert hatte, arbeitete er nun als freier Schriftsteller für verschiedene Zeitungen und Rundfunkanstalten. Es gab zwar keinen Grund zur Klage, doch er wollte höher hinaus. Seine erste größere Geschichte trug sich vor dem historischen Hintergrund der Sendlinger Bauernschlacht um 1705 zu. Er hatte in Archiven und Bibliotheken recherchiert und Chroniken in Kochel und Bad Tölz durchgeblättert. Die Hauptpersonen seines Romans ließ er das Massaker überleben und in ihre Dörfer zurückkehren, in denen sie überall ihren Mann standen, wo ein solcher gebraucht wurde.Seine Mühe war vergeblich, der Verleger winkte ab:»Bringa S ma a Witzesammlung oder übertragn S Goethes Faust ins Bayerische, des iss, wos d Leut lesn wolln. Mit historische Roman geht zur Zeit gor nix!«
Franz Xaver überlegte. Wohin sollte er zurückkehren, zu Zeitung und Rundfunk oder Elektroindustrie? Er schaltete das Autoradio ein. Eine Stimme, die auf einen blutarmen, schmalbrüstigen Besitzer schließen ließ, hauchte:

»Und weil i so vui gern di hob,
und liaba di wia andre mog....«,

»dz, dz, dz, reim di oda i friß di«,sagte Franz Xaver kopfschüttelnd«,

»....leg i mei Herzerl vor dei Tür,
und wünsch, daß d ma des deine schenkst.«

»Und wünsch, du schenkst ma deins dafür, du Rindviech!« rief er gequält. Die Stimme der Ansagerin ertönte:»Jens Huber sang noch einmal seinen mit zehntausend Mark dotierten Siegertitel des diesjährigen Wettbewerbs der Volksmusik.«
Franz Xaver murmelte ungläubig:»Des deaf doch einfach ned wohr sei!« Dann stach ihn der Hafer. Daheim setzte er sich sofort an seinen Schreibtisch und schrieb nun seinerseits ein ergreifendes Lied über das Rehlein, das seine Mutter verlor:

»Da Jagersmo im greana Rock
vawechselt d Muatta mit am Bock,
daschiaßt ma s hintarucks vo hint,
jetzt bin i a arms Waisnkind!«

Die Försterstochter findet das weinende Kitz, nimmt es mit nach Hause, und Bambi singt dankbar:

»Lisei, du huifst ma aus da Not,
i dank da schee, vagelt dirs Gott!«

Eine große Tageszeitung veröffentlichte den Beitrag in der Rubrik ›Zeitkritik - satirisch‹
Ein Manager entdeckte den Text, forderte ihn an, faxte ihn an Arrangeur und Komponisten, beauftragte sein Büro, den Autor ausfindig zu machen und diesem Vertragsunterlagen zuzusenden. Franz Xaver unterschrieb arglos. Etwas später nahm er die Einladung zur Live-Übertragung einer Volksmusik-Fernsehveranstaltung an, weil er an diesem Abend nichts Besseres vorhatte.
Ein blondgelocktes Kind mit einem Plüschbambi im Arm trat auf (der Arrangeur wollte ein lebendes Tier, doch der Manager fürchtete den Zorn der Tierschutzverbände) und sang das Lied vom ruchlosen Jägersmann und dem verwaisten Rehlein. Donnernder Applaus brandete auf, weibliche Saalgäste schluchzten laut, die kleine Sängerin wurde zur Siegerin des Abends erklärt. Der sich mit Händen und Füßen sträubende Franz Xaver wurde mit Gewalt auf die Bühne gezerrt und stürmisch gefeiert.

Inzwischen errang dieser Titel mehrere goldene Schallplatten. Franz Xavers zweites Lied, ›Muatterl, du bist doch die beste‹, der Refrain wird gejodelt, erreichte ebenfalls sensationelle Verkaufszahlen.
Im Sog dieses Erfolges fand sich auch ein Verleger für den Roman über die Zeit nach der Sendlinger Bauernschlacht, der inzwischen in mehreren Auflagen erschienen ist.
Nun lebt Franz Xaver mit seiner Mutter sorglos im Haus in den Bergen. Seine finanziellen Rücklagen gestatten ihm, sich wieder einer größeren Aufgabe zu widmen. So verbringt er seine Zeit in Bibliotheken und Archiven, um Material für seinen zweiten Roman zusammenzutragen, der sich vor dem historischen Hintergrund der Schlacht auf dem Lechfeld 955 n.Chr. abspielt.

# Umsatzsteigerung

Im Kramerladen meiner Kindheit gab es eine Wand mit Schubladen verschiedenster Größen, aus denen die Nahrungsmittel zum Verkauf in Tüten abgepackt und gewogen wurden. Hinweise auf die Hersteller der Waren gab es dort nicht, obwohl der Spruch ›Klappern gehört zum Handwerk‹ gewiß damals schon seine Gültigkeit hatte.

Heute klappert es in Werbefunk, -fernsehen, auf Kaffeefahrten usw. Zur Umsatzsteigerung bedienen sich die Betriebe aber auch unauffälligerer und leiserer Methoden. Serviervorschläge und Rezepte auf Lebensmittelpackungen verdeutlichen mannigfaltige Verwendungsmöglichkeiten des Inhalts und regen so zum Kauf an.

Eine weitere Masche zur Absatzerhöhung ist die Empfehlung eines großzügigen Verbrauchs des Konsumgutes. Als z.B. Lumpi zu mir kam, wurde ich belehrt, daß Hundeflocken ein wichtiger Bestandteil seines Futters sein müßten. Auf der Packung fand sich eine Gewichtstabelle für Vierbeiner mit der jeweils erforderlichen Flocken- und Fleischmenge.

Ich bestieg mit Lumpi auf dem Arm die Badezimmerwaage, wo ich nach Abzug des meinigen sein Gewicht ermittelte: 19 kg, das entsprach 6 Tassen Flocken und bis 400 g Fleisch täglich. Sorgfältig maß und wog ich. Er verschlang seine Mahlzeiten mit großem Appetit, wobei sich seine Seiten zusehends wölbten.

Zugegeben, mein vierbeiniger Hausgenosse arbeitet weder bei der Bergwacht noch beim Grenzschutz oder dergl. So mußte ich die tägliche Ration sowohl der Flocken als auch des Fleisches zum Leidwesen Lumpis reduzieren, der auf dem besten Weg war, in die nächsthöhere Gewichtsklasse (8 Tassen Flocken, bis 600 g Fleisch) aufzurücken, was sich auf den Absatz des Produktes sicher günstig ausgewirkt hätte, auf Lumpis Figur allerdings weniger.

# Allwissend

In der Schulzeit ist es wohl jedem einmal passiert, daß er gerade dann einer mündlichen Prüfung unterzogen wurde, wenn ihn dringende Abhaltungen an der ordnungsgemäßen Ausführung seiner Schularbeiten gehindert hatten; da blieb einem dann nichts anderes übrig, als zu raten, und jedesmal war die Erleichterung groß, wenn der Lehrer einen solchen Zufallstreffer mit der Bemerkung: »Richtig!« quittierte.

Auch später ließ einen das umfassende Wissen jener Menschen nicht unbeeindruckt, die jede Äußerung eines anderen, egal zu welchem Thema, mit der Feststellung »Richtig« kommentierten.

In einer Gesprächsrunde begegnete ich vor wenigen Tagen einem solchen. Ob die Ausmaße des Ozonloches beklagt und mit Zahlen belegt, ob die Staatsverschuldung angeprangert wurde, hier nannte er sogar selbst einen Betrag, der mir allerdings zu niedrig erschien, ob vom Bruttosozialprodukt die Rede war, was immer dieses Wort bedeutet, ob jemand seine Meinung über Arbeitslosigkeit oder Pflegeversicherung kundtat, es erfuhr seine Zustimmung, ja, sogar meine Wetterprognose wurde von ihm mit dem Prädikat »Richtig« bestätigt. Die hohe Intelligenz dieses Mannes flößte mir großen Respekt ein.

Doch dann stutzte ich. Meine Wettervorhersage beruhte auf meiner Rheumaschulter und war privater Natur. Sie widersprach diesmal der des öffentlichen Wetterdienstes. Niemand wußte davon. Der Allwissende bluffte also.

Ich lenkte das Gespräch auf einen Kalenderspruch,den ich kürzlich entdeckt hatte:«Dumme Menschen wissen alles, intelligente sind voller Zweifel!«

»Richtig« erwiderte er mit dem Brustton der Überzeugung.

# Gebietsreform

Für olles gibts an Gründungsdog,
und gfeiert wead enorm.
Warum wohl koana feiern mog
zweng da Gebietsreform?

Dabei dad i die Tat gern ehrn
mit Musi, Glockngläut.
Daß mia zum Landkreis Münchn ghörn,
des macht mir so vui Freud,

weil i durch d Zeitung jetzt erfahr,
woss gibt in Ismaning,
wos los is in Putzbrunn und Haar,
Planegg und Gräfelfing.

In WOR war olles dicht beinand,
dort warst mitm Radl gschwind.
As Landratsamt für München-Land
liegt ztiafst in Giasing hint.

D Zulassungsstell - wos bin i froh,
i opfert gern die Zeit –
wann kummst sonst scho nach Keferloh,
iss aa a bißerl weit.

Zum Arbeitsamt und Amtsgericht,
des macht doch richtig Spaß,
weil ma glei wos von München siecht,
Maxburg, Thalkirchner Straß.

Die Landkreisgrenzn ham s varuckt,
wia s unser Schäftlarn gschnappt.
Ortsschuida ham s uns neue druckt,
a »M« aufs Auto pappt.

Mia wolln bloß hoffn, daß s so bleibt.
Oans dad mi nämlich störn:
Daß ma uns München einverleibt
und mia a Stadtteil wern.

# Üba an Zeitungsschreiber

I kenn an Zeitungsknaben,
der oft Berichte schreibt,
es ghört zu seine Gaben,
daß er gern übatreibt.

Jetzt hod er oan beim Wickl,
den er ganz bsonders schätzt,
und schreibt er an Artikl,
wead unbarmherzig ghetzt.

Unfähig nennt er n, bieder,
beeinflußbar und schwach,
denn er sogt immer wieder
wos andre moana, nach.

Von bsondre Qualitätn
und Überzeugungskraft
braucht ma bei eahm ned z redn
und ned von Leidenschaft.

Er is a schlechter Führer,
den neamad bsonders schätzt,
er endet ois Valierer,
sei Stell' is fehlbesetzt.

Do frogt ma se beim Lesn:
Du schreibst zwar ziemlich gschert,
doch wos machst für a Wesn
für oan, ders gor ned wert?

Des san doch schlechte Witze! –
A Wahl kummt, es muaß sei.
Der  Mo steht an der Spitze,
er leitet d Gegnpartei,

den muaß ma fertigmacha
in jedem Kommentar!
Kanntst beinah drüba lacha,
wenns ned so traurig waar!

# Üba die Bevölkerungszunahme

Ma konn von Zahlen hören,
so hoch, ma ahnts ja kaum,
wia d Menschen sich vamehren.
Knapp wead da Lebensraum.

Weil Weidn fehln und Felder
und a Quartier für d Nacht,
drum wead de Regenwälder
langsam da Garaus gmacht.

Doch wenn alloa as Rodn
des Elend no ned dämpft,
dann fliaßt um Grund und Boden
vui Bluat und hart wead ‘kämpft.

Wenn s d Hoamat dann valasssn
in ihra Angst und Not,
dann san die Menschnmassn
von Seuchengfahr bedroht.

Verboten ist die Pille
genauso wia s Kondom.
Es ist der Herren Wille
do hint im fernen Rom.

Wos s gegn die Drangsal macha?
Die Vorschläg san recht rar.
Kanntst beinah drüba lacha,
wenns ned so traurig waar!

# Üba n Ozon

In dene Sommawocha
scheint d Sonna, wia s nur kon.
Die Luft is schier am Kocha
und steign duad da Ozon.

Um des Malheur zu ändern
und Autoschadstoff' z sparn,
deaf ma in manchn Ländern
nur no mit neunzig fahrn.

Die Fahrer warn vanünftig,
und da Vasuch hod glohnt.
S dad not, daß ma a künftig
die Umwelt mehra schont.

A Gsetz miaßtn s erlassn,
die Herrn do drobn in Bonn,
daß s Tempo auf de Straßn
bestimmt wead vom Ozon.

San s Auto-, Spritkonzerne,
die eahna Lobby ham,
des Gsetz liegt in da Ferne,
es geht und geht nix zamm.

Währnd d Auspuff weida kracha,
san Parks und Spuiplätz laar.
Kanntst beinah drüba lacha,
wenns ned so traurig waar.

# Üba d Kultua

Am Fernsehobnd hod gsunga
a strahlender Tenor.
S san Arien erklunga,
teils mit, teils ohne Chor.

Er war im Covent Garden,
kennt Scala, Wien und Met.
Umjubeln dean s den Barden,
daß s nimma höher geht.

D Kritik gibt beste Noten
und spart ned mit Applaus.
Bloß mit de Einschaltquoten,
do beißts hoid leider aus.

Drum wead die Stimm von Adel,
die olle Welt beglückt,
in n Musikantenstadl
zum Volksliadsinga gschickt.

Mit a poor Jodeldamen
und Schlager-Eintagsfliagn,
in dem bescheidnen Rahmen
deaf er sei Schau obziahgn.

Danach kriagn d Leut Intresse.
Schallplattn wern vakaft,
es kumma Rundfunk,Presse,
kurzum, as Gschäft, des laft.

Wos soi er anders macha,
die Konkurrenz druckt schwaar!
Kanntst beinah drüba lacha,
wenns ned so traurig waar.

# Die Nutzungsänderung

Es war einmal ein Autor, den sein Verlag sehr stiefmütterlich behandelte, deshalb entschloß er sich, sein neuestes Buch selbst herauszugeben. Wer Ware, gleich welcher Art, herstellt und feilbietet, betreibt ein Gewerbe und benötigt demzufolge einen Gewerbeschein, bedeutete man ihm, weshalb sich der Verleger in spe zum zuständigen Amt begab.

Er wurde zunächst an das Baureferat verwiesen. Dort erklärte man, daß er in seinem Haus gewerbliche Räume nachzuweisen habe und ein Antrag auf Nutzungsänderung zu stellen sei. Unser Autor bemerkte schüchtern, daß er ein steuerlich anerkanntes Arbeitszimmer sein eigen nenne, das für sein Vorhaben genüge. Ungerührt zählte der Beamte die erforderlichen Unterlagen auf: Bauantragsmappen (rot, gelb, grün), ein amtlicher Lageplan neueren Datums, Eingabepläne, von sämtlichen Nachbarn unterschrieben, mit Längs- und Querprofilen des vorhandenen und geplanten Geländes.

Der Autor benützte eine Atempause des Staatsdieners zu der Bemerkung, daß er weder eine Buchdruckerei noch eine -binderei zu gründen beabsichtige, sondern lediglich einen in Fachkreisen als Eigenverlag mild belächelten, winzigkleinen Einmannbetrieb.

Ungehalten wegen der Unterbrechung seiner Ausführungen fuhr der Diensttuende fort: »Zwei Autostellplätze sind bereitzustellen. Wenn die Unterlagen vollständig eingereicht werden, besteht Aussicht auf Bescheid nach etwa drei Monaten; die beschleunigte Bearbeitung verursacht Mehrkosten!« »Ich will doch keinen Großmarkt eröffnen!« ächzte der Antragsteller und ging hinaus.

Es war einmal ein Autor, der mußte seinen Traum vom eigenen Verlag begraben, weil er die erforderlichen Autostellplätze nicht nachweisen konnte.

# Menschen zweiter Klasse

Nachdem ihre Kinder selbständig geworden waren, kehrte Vera ins Berufsleben zurück, wo sie im Lauf der Jahre großes Ansehen erwarb.
In einer Gesellschaft wurde sie gefragt, wo sie denn ihren Wagen geparkt hätte, es gäbe ja so gut wie keine Parkplätze. »Ich habe keinen Führerschein«, antwortete sie wahrheitsgemäß. Ihr Gegenüber lächelte verständnisvoll, wohl in der Annahme, sie hätte ihn wegen einer übersehenen Radarfalle eingebüßt. »Ich habe nie eine Fahrprüfung abgelegt«, gab sie zu. Mit einem geringschätzigen Blick wurde sie gefragt:»Zahlt denn die Firma Ihres Mannes so schlecht?« »Auch nicht schlechter als andere Firmen, aber ....« Sie suchte nach Ausflüchten, doch ihr Gesprächspartner hatte sich bereits abgewandt.
Hinweise auf die allgemeine Parkplatznot, den großzügigen Ausbau des öffentlichen Verkehrsnetzes, steigende Mineralölsteuern und Benzinpreise, Umweltbelastung durch Autoabgase konnten ihr ramponiertes Image ebensowenig heben wie die auffällige Benützung von Taxis. In ihrer Umgebung gilt das Auto als Statussymbol, die Position im öffentlichen Leben wird an Hubräumen und Zylindern gemessen.
Gelingt es Vera nicht, der Frage auszuweichen, welchen Wagen sie denn fahre, wird sie unweigerlich zum Menschen zweiter Klasse gestempelt, zum gesellschaftlichen Analphabeten.
Sie nähert sich allmählich dem Pensionsalter, der Aufwand für die praktische und theoretische Vorbereitung auf eine Fahrprüfung lohnt sich also nicht mehr. Um eine weitere Schädigung ihrer Reputation zu vermeiden, will sie sich nun um ein geeignetes politisches Mandat bemühen, bei dem Fahrer und Wagen aus Steuermitteln zur Grundausstattung gehören, z.B. beim Europaparlament.

# Theater

Da Huaba duad gern reisn
vom Tegernsee in d Stood.
Er wui de Leut beweisn,
daß er a Bildung hod,

so geht er durch die Straßn,
am Schauspielhaus vorbei;
des konn se ooschaugn lassn.
Weils auf is, geht er nei.

Es is a Augenweide!
Nur Marmor und Kristoi!
Dann hänga im Gebäude
Plakate überoi.

Do hätts n beinah zrissn.
Er schimpft:»Um Himmeswuin!«
Weil s mittogs no ned wissn,
wos s abnds um achte spuin.

»Des san da soiche Loder!
Naa! Des is wirklich stark!
An Hamlet bringa s oder
an Prinz von Dänemark!«

# Im Frühling

Die koide Sophie is vorbei,
aus iss mitm Friern und Schneibn.
A Wonnemond is jetzt da Mai,
wia n olle Dichter gern beschreibn.

Oa warma Regn und scho weads grün
auf Wiesn, Busch und Ast.
Die erstn Gänsebleamerl blühn
und drauß im Woid da Seidlbast.

Die Pflanzerl wachsn, treibn um d Wett,
wohi ma se aa wendt,
ois hättn s Angst, sie kumma z spät,
ois gang die scheene Zeit schnell z End.

Wuid wuchern Löwenzahn und Klee,
von Dog zu Dog wern s mehr.
Die Obstbaam schimmern weiß wia Schnee.
Am Wegrand bliahd a Fliedermeer.

Da Holler, der beim Hütterl steht,
d Insektn mögn an gern,
is jetzt mit Dolden übasät,
mit tausend kloane, weiße Stern.

Tulpn und Primeln leuchtn bunt,
es is a rechte Freid!
Pfingstrosnknospn, prall und rund,
bliahn aa in allernächster Zeit.

Da Bleamegartn leucht und glanzt
wenn d Sonna runtalacht.
A großa,gelba Falter tanzt
nei in die farbenfrohe Pracht.

Die Veilchen blühn im Gros vasteckt.
Sie wolln ned, daß ma s stört.
Doch meistens wern s ganz schnell entdeckt,
weil eahna siaßa Duft betört.

Oiss summt und singt, wia s eahm grod gfoid,
und lodt zum Hochzeitsfest.
Da Kuckuck ruaft im nahen Woid,
dann suacht er se a fremdes Nest.

Es kummt die erste laue Nacht,
und suibern scheint da Mond.
Da Igl is vom Schlaf erwacht,
er hod im Reisighauffa gwohnt.

Koa Voglliadl konnst mehr hörn
und aa koa Bienagsumm.
Glühwürmerl richtn ihr Latern,
dann fliagn s zwischen de Bleame rum.

D Natur, die von ihrm Dogwerk miad,
begibt se jetzt zur Ruah.
Da Nachwind summt a Schlummerliad
und deckt s mit dunkle Schleier zua.

# Im Mai

Sie is vorbei, die lange Nacht,
und leicht wead uns da Sinn.
Birkn und Ahorn san erwacht
und zoagn ihr frisches Grün.

A leises Wischpern geht durch d Luft.
Lebn treibt aus olle Porn,
es kündn Veilchen-, Fliederduft,
d Natur is neu geborn.

Die Spoozn gebn a Standkonzert
beim Kirchplooz an da Straß.
Is aa amoi a Ton vakehrt,
s macht eahna trotzdem Spaß.

A gelba Sternteppich bedeckt
die große Wiesn ganz.
Da Löwenzahn hod s Musta gsteckt,
und d Sonna gibt an Glanz.

Die Obstbaam san oa Blütnmeer.
Wia drobn da Himme blaut!
Den schenstn  Dom zu seiner Ehr
hod Gott sich selba baut.

# Gedanken unterm Maibaam

De schenste Zeit is allerwei
da Lenz mitm Wonnemonat Mai.
Die Vogerl singa eahna Liad,
a bunta Bleameteppich bliahd,
de Knospn springa, d Baam schlagn aus,
do bleibt koa junga Mensch im Haus.
Wias Brauch scho bei de Väter war,
steht heid wia in de frühern Jahr
glei nebn am Wirtshaus schlank und stoiz
da Baam aus gsundm Fichtnhoiz.
Die Madl ham bis spät in d Nacht
die Kränz und die Girlandn gmacht,
und d Burschn ham mit Lust und Freid
schwaar garbad in da letztn Zeit.
Vui Schweiß hods kost, vui Miah und Kraft
und fasslweis an Gerstnsaft.
Obs regnet oda d Sonna scheint,
am Sonntog feiern s froh vereint.
Herr, gib de Junga in dem Land
oiwei an soichan Zammastand!

# Der Test mit der Keramiktasse

Vor dem Privathaus des Elektrogroßhändlers Jakob Müller stand der Postbote. Tochter Conni, die ihm geöffnet hatte, schaute auf ein Paket, das er neben sich abgestellt hatte, und die Empfangsbestätigung, die er ihr entgegenhielt, dann wandte sie sich um und rief ins Haus:»Mama, host du a Keramikgschirr bstellt?«
Eine Stimme ertönte:»Ja, Conni. Unterschreib und gib dem Postbotn a Trinkgeld!«
Frau Müller schob gerade einen Kuchen ins Rohr. »Geh, sei so guad, packs aus und schaug, ob oiss in Ordnung is, dann duast as in n Gschirrspüler. Heid nachmittog kummt d Großmutter, dann könn ma s glei hernehma!«
»Woos! Scho wieda!«
Frau Müller zuckte die Schultern und schwieg.
Pünktlich zur angekündigten Zeit schlug die Türglocke an. Mit einem vieldeutigen Augenaufschlag und einem tiefen Seufzer ging Conni, um zu öffnen.

Das väterliche Geschäft florierte nicht nur durch die langjährige Erfahrung des Firmenchefs, auch der Fleiß und das Können seines einzigen Sohnes Klemens ermöglichten es ihm,am hellichten Werktag zum Kaffeetrinken nach Hause zu fahren. Er erschien, als seine Frau die Kanne hereintrug. Gerade wollte er seine Mutter begrüßen, als diese wie gebannt auf Ihre Tasse starrte und sie dann gegen das Licht hob.
»Die ist ja gar nicht gespült!« sagte sie in strengem Ton.
»Des gibts doch ned, grod hob i s aus da Spülmaschin gramt. Außerdem is des Gschirr naglneu!« entrüstete sich Conni. »Schau doch her! Am Rand sind lauter braune Streifen. Das kann nur Kaffee sein«, protestierte die Großmutter.
Frau Müller nahm die Tasse und betrachtete sie:»Des is a Farbfehler, sonst nix.«
»Geschirr zweiter Wahl. Du hättest es sofort zurückschicken müs-

sen, aber sicher habt ihr gedacht, für Großmutter ist es gut genug!« sagte die alte Dame beleidigt.
Frau Müller holte wortlos eine andere Tasse. Dank des vorzüglichen Topfenkuchens wurde der Nachmittag doch noch recht unterhaltsam.
Als die Hausfrau am Abend das Geschirr einräumte, sagte sie zu ihrem Mann:»Do deaf i aufpassn, daß ned no amoi a Gast die Tasse dawischt!«
»Naa! Ganz im Gegenteil!« sagte er mit hinterlistigem Lächeln. Er suchte eine Nachfolgerin für seine Sekretärin, die nach über dreißigjähriger Zugehörigkeit zur Firma in den verdienten Ruhestand trat. Frau Brandl hatte zur Familie gehört, für sie einen Ersatz zu finden, war nicht einfach.
»Neun von zwölf Bewerbungen hob i glei wieda zruckgschickt. Die andern drei laß i zu am Vorstellungsgespräch kumma. Wenns euch nix ausmacht, möcht i s da Reih nach zu uns zum Kaffee einladn......«,
».... und dann stell ma eahna die Tass hi und schaugn, wia s reagiern. Uih ja, des mach ma!« sagte Conni begeistert.

Frau Martin, Anfang der Vierziger, unverheiratet, war die erste. Ihr Äußeres war makellos, das getönte, blonde Haar sorgfältig frisiert. Das grüne Kostüm schien maßgeschneidert und stimmte farblich mit Schuhen und Handtasche überein. Sie nahm Platz und beugte sich über ihre Tasse.
»Das Geschirr ist sehr hübsch. Wegen dieses Fehlers im Dekor würde ich allerdings reklamieren«, sagte sie an die Hausfrau gewandt.
»Die Scherereien spar i mir. Entschuldigen S, daß i ned aufpaßt hob«, sagte diese, trug die Tasse hinaus und brachte eine andere.
Frau Martin hakte nach:»Hier geht es um das Prinzip. Man erzieht die Leute ja förmlich zur Schlamperei, wenn man solche Mängel durchgehen läßt.«
Dann berichtete sie von ihren früheren Dienststellen, wo sie mit verantwortungsvollen Aufgaben betraut war, und die sie alle auf eigenen Wunsch verlassen hatte.

»Wir werden uns sicher gut verstehen«, sagte sie gönnerhaft, als sie sich später verabschiedete.
»Bei dieser Dame werd i des Gfuih ned los, daß s uns ganz gern bevormundn dad. I muaß ihr leider obschreibn«, bedauerte der Hausherr.
Conni meinte:» Schood, i hätt gern gsehng, wia ma mit so lange Fingernägl maschineschreibn kon!«

Fräulein Schmiedl, Ende Dreißig und ledig, wie die erste Bewerberin, hatte den Hinweis auf die private Atmosphäre wörtlich genommen. Sie erschien in Blue jeans und Hemdbluse.
Sie hob die Tasse und drehte sie nach allen Seiten. »Kannt i bitte a andere ham, die ham S sicher beim letztn Abwasch übasehng. Hod vielleicht Eahna Minna Ausgang, oder hod am End gor da Hausherr Küchendienst ghabt?« scherzte sie augenzwinkernd.
Nach dem Kaffee half sie, den Tisch abzuräumen. Es war nicht zu übersehen, daß ihr der Firmenchef ausnehmend gut gefiel.
Als die Familie wieder allein war, sagte Frau Müller mit Nachdruck zu ihrem Mann:«Die wennst eistellst, kriagst as mit mir z doa!«
Damit war auch das Schicksal von Fräulein Schmiedl besiegelt.

Am nächsten Morgen besuchte Klemens Müller den Senior in dessen Büro. »Mit da zwoatn wars ja wieda nix. Wenn dir die dritte aa ned gfoid, konnst wieda bei de Stellenangebote oofanga«, sagte er ungehalten.
»Des is leicht möglich«, erwiderte der Vater und reichte dem Junior einen Aktendeckel. Beate Sommer war Mitte Zwanzig. Auf dem beigelegten Bild trug sie eine Brille, die sie älter erscheinen ließ.
»Die gfoid ma übahaupt ned!« stellte der Sohn fest und blätterte in den Unterlagen. Nach einem Zeugnis suchte er vergeblich. »I hob hoid gmoant, weil s so ehrlich dreischaugt«, rechtfertigte sich der Vater.
»Hoffentlich is des des letztemoi«, sagte Frau Müller, als sie wenige Tage später erneut den Kaffeetisch deckte. Fräulein Sommer sah ohne Brille jünger und vorteilhafter aus. Sie erklärte:»Die

Brille steht ma ned bsonders, aber zum Arbadn brauch i s. Mei Chef muaß mi wohl oder übl so ooschaugn.«
Auf die Frage nach einem Zeugnis meinte sie:»I wollt erst testn, ob i Aussicht auf den Postn hob, bevor i meim Chef an Kummer mach.« Verändern wollte sie sich, weil sie noch bei ihren Eltern lebte und ihr Vater hierher versetzt worden war.
Inzwischen hatte Frau Müller Kaffee eingeschenkt. Fräulein Sommer hob die Tasse, stutzte einen Augenblick, dann sagte sie:»Aha, do ham s beim Dekoriern a bißerl zvui Farb dawischt. Mia ham so a Schüssl dahoam, die steht ois Reserve ganz hintn im Schrank.«
Als der Hausherr ans Telefon gerufen wurde, wollte Conni wissen:»Sie wohna no dahoam? Solang i studier, ziahg i aa ned aus.«
»A eigene Wohnung is ma z teuer. I bsuach gern Konzerte, mach für berühmte Solistn aa Reisn, des geht ins Geld.« »Wos für a Musik hörn S denn gern?«
»Beethoven, Chopin, i spui nämlich Klavier.«
Conni hatte eine verwandte Seele gefunden, sie beherrschte dieses Instrument ebenfalls. Die beiden verschwanden nach oben.
Nach Feierabend erschien der Sohn. »Hods diesmoi klappt?« wollte er wissen.
»Mia ham eigentlich no gor ned vui mitnanda gredt. Du konnst as ja selba ooschaugn, sie is bei da Conni drobn.«
Ärgerlich sagte der Junior:»Des mog i. In d Familie eischleicha, bevor des Gschäftliche gregelt is.«
Da erklang, perfekt musiziert, vierhändige Klaviermusik. Herr und Frau Müller warteten an diesem Tag gegen ihre Gewohnheit mit dem Abendessen vergeblich auf Sohn und Tochter, doch es schien sie nicht im mindesten zu stören.

# Telepathie

Wenn i deine Gedanken spür,
hob i des Gfuih, du bist bei mir.
Mei Puls schlogt glei vui schneller.
Da Nachtwind wead zur Frühlingsluft,
die Welt is voller Rosnduft,
und d Sterndl glanzn heller.

Du gehst ma nimma ausm Sinn,
i mog mi selba, wia i bin,
seitdem mia zwoa uns kenna.
I hob des Gfuih, du bist bei mir,
wenn i deine Gedankn spür,
aa wenn uns Weltn trenna!

# Die Schrebergärten am Veilchenweg

Das neue Verwaltungsgebäude lag neben den Fabrikationshallen am Rande der Stadt. Große Fenster sorgten für Helligkeit in den Räumen, der gepflegte Rasen davor bot einen erholsamen Anblick.
Peter Wiedmann, Prokurist in der Betriebsleitung der Firma, stand oft am Fenster seines Büros im Erdgeschoß, entweder, um über ein Problem nachzudenken, oder einfach, um sich zu entspannen. Seine Firma hatte seinerzeit eine Schrebergartenanlage von der Stadt erworben, um mit der Fabrikerweitung neue Arbeitsplätze zu schaffen. Allen Pächtern war gekündigt worden, bis auf jenen, deren Parzellen im hinteren Teil des Grundstücks lagen. Wiedmann, der in dieser Ausnahmeregelung nichts als die Laune einiger Herren aus der Chefetage sah, mißbilligte sie von Anfang an. Die übriggebliebenen Hobbygärtner aber entzogen sich dem Blick des mächtigen Nachbarn durch die Anpflanzung einer mannshohen Fichtenhecke, außerdem wurden Lärm und laute Geräusche während der Bürostunden so gut wie möglich vermieden.

Um einen Vortrag in Ruhe ausarbeiten zu können, begab sich der Prokurist an einem Samstagvormittag ins Büro. Damit hatten die Kleingärtner nicht rechnen können. Hinter der Fichtenhecke herrschte ein Betrieb wie auf einem Jahrmarkt. Nachbarn schienen sich über mehrere Parzellen hinweg zu unterhalten, Kinder lärmten, es wurde gesägt, gehackt und gehämmert. Da flog in hohem Bogen ein bunter Ball auf den Rasen direkt vor sein Fenster, Wiedmann rannte hinaus mit jagendem Puls, ergriff den Ball, holte aus, um ihn hinüberzuschmettern, da vernahm er eine weibliche Stimme:»Wia oft hob i eich gsogt, ihr sollts aufpassn! A Glück, daß heid koana do is. Die tatn uns doch liaba heid wia morgn nausschmeißn!«
Unschlüssig stand der Mann, den Ball in der Hand. Da kam ein Bub durch die Hecke, aus einer Öffnung, die man eher für einen

Igeldurchschlupf hätte halten können. Er erschrak, faßte sich aber schnell:»Entschuldigen S, mei kloane Schwester hod ned aufpaßt!« Dann nahm er dem Sprachlosen den Ball aus der Hand, sagte:»Dankschee!« und verschwand so schnell, wie er gekommen war.

Wiedmann ging in sein Büro zurück. Er suchte in seinen Unterlagen nach einer Hausmitteilung mit dem Betreff ›Auflassung der restlichen Schrebergärten‹ und überflog sie. Gleich am Montag wollte er versuchen, seine Kollegen in Einzelgesprächen von seinen Argumenten zu überzeugen. Und wenn man ihn nach dem Inhalt seiner Beschwerdepunkte fragte? Er mußte seinen Antrag mit Beweismaterial untermauern und die Anlage in Augenschein nehmen.

Als er mit seinem Vortrag fertig war, ging er zu dem schmalen Gäßchen hinüber, an dessen Eingang auf einem hübsch bemalten Schild ›Veilchenweg‹ zu lesen stand.

Gemüsebeete und Radieschen paßten nun wirklich nicht neben ein Direktionsgebäude. Im Weitergehen fiel ihm auf, daß jedes der Gärtlein in bestem Zustand war, sorgfältig gepflegte, kleine Wege, anheimelnde Lauben, üppig blühender Blumenschmuck in Beeten und Kästen, zufriedene Menschen hinter jedem Zaun. In einem der Gärten entdeckte er den bunten Ball wieder. Eine Frau und ein kleines Mädchen zupften Beeren, der Bub saß an einem Tisch und klebte aus vorgefertigten Teilen einen Gegenstand, der wohl einmal ein Flugzeug werden sollte.

In Gedanken vesunken stand der Mann, bis ihn eine Frauenstimme aufschreckte:»Griaß God! Suacha Sie wos?«

»I woit bloß a bißl rumschaugn«, antwortete er.

»So. San Sie aa von do drübn. Solls uns wieda amoi an n Krogn geh!« sagte sie streng.

Der Bub hatte den Mann entdeckt und kam näher. »I kumm mit meim Airbus ned weida. Kanntn Sie mir helfn?« fragte er zutraulich. Wiedmann sah sich mit einem Schlag in seine Kinderzeit versetzt. Ohne eine Einladung abzuwarten, öffnete er das schmale Tor. Er beugte sich über die Vorlage und verglich sie mit dem Modell.

»I hoaß Andreas«, sagte der Bub.
»Ach, Entschuldigung. Mei Nama is Wiedmann.«
»Ziegler. Und des is d Heidi«, stellte die Mutter sich und die Tochter vor. Dann vertieften sich der Bub und der Mann in den Bau des Modellflugzeugs, bis sich der Prokurist erhob. »So, Andreas. Den Rest schaffst alloa.«
Frau Ziegler fragte unerwartet freundlich:»Deaf i Eahna zu a Tass Kaffee eiladn? I hob an Apfekuacha bacha.« Er blieb gerne. In der anregenden Unterhaltung erfuhr er, daß die Familie seit Jahren ohne Mann und Vater lebte. Als er sich gegen Abend empfahl, hatte sich nicht nur seine Einstellung zu den Gärten am Veilchenweg geändert, er begann auch, über sein Junggesellendasein nachzudenken.
Die Betriebsleitung hatte die Besprechung über das Schicksal der restlichen Schrebergärten anberaumt. Längst hatten die Pächter Fäden in die Vorzimmer gesponnen und über diesen Geheimdienst erfahren, daß Prokurist Wiedmann ihr ärgster Gegner war.

Der ging an einem dieser Tage ahnungslos zum Veilchenweg, um sich mit kleinen Geschenken für die Einladung zum Kaffee zu bedanken. Andreas zeigte ihm stolz das fertige Airbusmodell, Heidi hüpfte vor Freude über die kleine Puppe, die er mitgebracht hatte. Frau Ziegler nahm zwar die Pralinen, sagte: »Danke, des hätts doch ned braucht« aber sie bat Wiedmann nicht in den Garten.

Trotz seiner Enttäuschung setzte er sich bei der Besprechung in der Direktion für die Gärten am Veilchenweg ein, was nach einer langen Debatte endlich zum Erfolg führte.

Die Fichtenhecke war nun wieder dicht wie eh und je. Kein Ball flog herüber, der Durchschlupf blieb den Igeln vorbehalten. Da betrat eines Tages ein kleiner Bub mit einem Gartenblumenstrauß das Sekretariat. »I bin da Andreas. I möcht zum Herrn Wiedmann!« sagte er.

Der hatte die Kinderstimme erkannt und kam heraus. Das Kind gab ihm die Blumen und sprach:»An schöna Gruß von da Mama und herzlichen Dank, daß s Eahna für uns eigsetzt ham.« Wiedmann nahm die Blumen und schwieg.

»D Mama hod wieda an Apfekuacha bacha. Außerdem kumm i mit meina Boing ned weida.«

»I schaug nachha amoi nüba«, sagte der Prokurist. Es klang uninteressiert. Sekretärinnen müssen schließlich nicht alles wissen.

# Kare und Lugge

In olla Friah schaugt oiwei glei
da Kare in sei Zeitung nei.
Wirtschaftsberichte, Politik,
bei de Annoncen foit sei Blick
auf oane in am schwarzn Rahma,
und drinna steht ganz groß sei Nama.
»Er hat für immer uns verlassen!«
Fürn Kare iss koa Grund zum spaßn,
wos wern seine Kollegen sogn?
Er wui sein Freind, an Lugge frogn.
Sein Spezl trifft die Nachricht schlimm,
und voller Trauer is sei Stimm:
»Ja, i hobs glesn, guada Mo.
Doch sog, von wo ruafst du jetzt oo?«

# Aufruhr in Humplbach

Ein sonniger Tag brach an. Aus Briefkästen und Röhren lugten die neuesten Zeitungen. Der Kombi des Bäckers fuhr mit duftendem Brot und frischen Semmeln die örtlichen Gaststätten an. Im Metzgerladen rasselten die Rolläden hinauf. Vor den drei Lebensmittelgeschäften wurden Lieferautos entladen. Berufstätige hasteten zum Bahnhof. Es war ein Morgen wie jeder andere. Bis Leni, Azubi im Lebensmittelgeschäft Reiser, durch die Hauptstraße schlenderte. Im Schreibwarengeschäft wurden gerade die Zeitungen hereingeholt. Beim Wegbauern fuhr der Milchwagen vom Hof, im angrenzenden Obstgarten weideten die Kälber zwischen Apfel- und Birnbäumen.

In der Nähe des Zaunes entdeckte das Mädchen ein Schild mit der Aufschrift, ›Hier entsteht ein Lebensmittel-Großmarkt‹. Leni interessierte sich nicht sonderlich dafür, es fiel ihr erst wieder ein, als sie später beim Einsortieren der Nudeln von einer älteren Verkäuferin angefahren wurde:»Herrschaftseitn! Schlaf doch ned ei!«

»Wenn i ausglernt hob, geh i zum Großmarkt in da Wegbauernwiesn«, erwiderte sie batzig.

»Woos!« rief die andere ungläubig.

»Do wead baut. I hob des Schuid selba gsehng.«

Die Verkäuferin rannte aus dem Laden, kehrte nach wenigen Minuten schier atemlos zurück und verschwand im Büro von Herrn Reiser, der nun seinerseits mit dem Ruf:»I bin im Rathaus!« aus dem Geschäft eilte.

»Mia wead mei Anbau ned genehmigt, aba zwoahundert Meter nebn meim Lodn deaf a Großmarkt baut wern!« herrschte er den Bürgermeister an, »do habts eich anscheinend genauso schmiern lassn, wia bei der Beamtnvilla im Außnbereich!«

Der Bürgermeister sprang auf und brüllte:»I vabitt ma soiche Unverschämtheitn. Des nehma S zruck, sonst könna S wos erlebn!« »Passn S auf, daß Sie nix erlebn!« konterte der Geschäftmann und lief hinaus.

Bäckermeister Laibl betrat das Vorzimmer. »Wos die auf da Wegbauernwiesn vorhabn, des is gelinde gsogt, a Frechheit«, schimpfte er. Reiser deutete auf das Bürgermeisterzimmer und erklärte:»Bei dem do drin erreich ma gor nix. Do miaß ma andere Saitn aufzialign!« Gemeinsam verließen sie das Rathaus.
Der Gemeindechef rief den Sekretär.
»Suacha S bitte die Flurnummer von da Wegbauernwiesn und erkundign S Eahna beim Landratsamt, ob a Voranfrag für den Bau von am Großmarkt eiganga is!«
Dort wußte niemand etwas über ein solches Vorhaben, aber einer der Herren war hellhörig geworden:»Ob do ned wieda oana an Spezi in da Regierung hod! Des möcht i jetzt scho genau wissn!«
Der Beamte wurde zwar trotz eifrigen Bemühens nicht fündig, doch nun interessierte man sich auch im Staatsministerium für die Angelegenheit.
»Wir sollten eine Verordnung erlassen, daß bei Bauanträgen jeglicher Art der Instanzenweg einzuhalten ist«, empfahl einer der Herren und gab eine handschriftliche Notiz an einen seiner Referenten.
Im Humplbacher Rathaus schlug der Gemeindesekretär vor:»Mia kanntn ja an Wegbauern direkt frogn!«
Der Bürgermeister entgegnete:»Wissn S no, wos mi der oiss ghoaßn hod, wia er fürn Straßnbau an Grund hod obtretn miassn? Mit dem wui i nix mehr z doa ham!« Damit war das Thema Großmarkt in Humplbach amtsseitig erledigt.
In der Bevölkerung gärte es jedoch weiter. Vor der Metzgerei Lendl unterhielten sich zwei Kundinnen:»Oiso, des mit dem Großmarkt do drunt vasteh i einfach ned. Mir san doch mit ollem ausreichend vasorgt«, sagte die eine. Die andere bewegte den Kopf in Richtung Schlachthaus und meinte:»Der do drin kriagt ja aa ned gnua. Oan Großmarkt beliefert er scho. Mi dads ned wundern, wenn er bei dem neia aa wieda d Finga drin hätt.«
Reiser saß an der Kasse seines Ladens, als ihm mitgeteilt wurde:»Es hoaßt, daß der Großmarkt, der jetzt baut wead, sei Wurscht beim Lendl kaft.«
»So. Wenn der mit da Konkurrenz zammarbad, dann konn er uns

gern ham«, sagte der Geschäftsinhaber und adressierte die Bestellung für das Wochenende an einen Betrieb in der Kreisstadt um. Als der Metzgermeister in seinem Laden danach gefragt wurde, zuckte er die Schultern. »I woaß von nix.«
»Wos! Ableugnen aa no, wo scho s ganze Dorf drüba redt!« empörten sich einige Frauen. In den nächsten Tagen ließ der Kundenzustrom auch dort zu wünschen übrig.

Am schlimmsten traf es jedoch den Lebensmittelhändler Schmalzl und seine Frau. Aus Altersgründen hegten sie seit längerem den Plan, ihr Geschäft zu verpachten. Ein junger Interessent teilte dem Ehepaar telefonisch mit, daß ihm bei der zu erwartenden Konkurrenz das Risoko zu groß sei. Nun boten die beiden Alten ihre Räume einer amerikanischen Schnellimbißkette an. »De ziahgn die Junga oo wia a Zwetschgndatschi d Wepsn, do wead nachha oiss bis in d Nacht nei zuaparkt!« urteilten die Humplbacher. Einige wandten sich sogar beim sonntäglichen Kirchgang von dem Ehepaar ab.
Der dritte Lebensmittelhändler blieb gelassen. Hans Steiger meinte:«Es wead nix so hoaß gessn, wias kocht wead!« Für seinen Familienbetrieb sah er keine Gefahr.
Sein Sohn Hannes blies Trompete und leitete die Humplbacher Blasmusik, eine Kapelle, die viele Einladungen von außerhalb erhielt und sogar schon an der Ostsee gastiert hatte.
Seine Eltern ahnten nicht, daß ihrem Einzigen das Großmarktprojekt schwer im Magen lag. Er war seit langem mit Rosi, der Tochter des Wegbauern, eng befreundet. Seinetwegen hatte sie das Klarinettenspiel erlernt. Schweigend gingen die beiden zur Musikprobe. Sie sah ihn an und sagte:»Mit dir stimmt doch wos ned!« Er blieb stehen und antwortete nachdenklich:»Der Großmarktbau is a Millionenprojekt, do kriagt dei Vatta an Hauffa Geld. I konn ma einfach ned vorstelln, daß mia mei zukünftige Frau finanziell haushoch übalegn is.« Sie schlang die Arme um seinen Hals und beruhigte ihn:»Hannes, des is doch am Vatta sei Sach. Des hod doch mit uns nix z doa!«
»Mhm! Du bist des oanzige Kind und erbst amoi oiss. I vasteh des

Ganze übahaupt ned. Großmärkt gibts so vui, und d Wiesn wern oiwei weniga.«

An diesem Abend machte Rosi ihrem Vater heftige Vorwürfe. Sie wiederholte mit erhöhter Lautstärke die Äußerungen ihres Hannes und schloß:»Jetzt host as gschafft, daß er mi nimma mog!«
»Großmärkte gibts scho so vui und d Wiesn wern oiwei weniga. Hod er des wirklich gsogt?«
»Ja, weils wohr is!«
»Des is genau mei Standpunkt. Und i hob oiwei Angst ghabt, daß du auf oan reifoist, der bloß hinta deim Geld her is. Dei Hannes gfoid ma.«
»Und warum vakafst nachha an Obstgartn? Und warum wead des oiss hinta meim Rückn eigfadlt?« fragte sie verzweifelt.
»I hob nix vakaft und des Schuidl hob i aa ned neigstellt.«
Sie wunderte sich:»Des ganze Dorf is in Aufruhr und du valierst koa Wörtl drüba!«
»Mei, Deandl, es frogt mi ja koana«, erklärte er mit breitem Grinsen.
Am nächsten Tag blieb an der Hauptstraße beim Grundstück des Wegbauern der Lastwagen einer Baufirma stehen. Der Fahrer stieg aus und setzte mit einer Flanke über den Zaun. Er nahm das Schild an sich und begab sich zu seinem Fahrzeug zurück, wo sich inzwischen drei Frauen und zwei Rentner eingefunden hatten. »Wann fangts ihr jetzt do oo?« wollte einer wissen.
»Übahaupt ned. Des Schuid is mir vom Lastwogn gfoin, Oana vo unsere Lehrbuam is mitm Moped hinta mir hergfahrn, der hods do neigstellt, daß i s leichta find«, sagte der Fahrer, verstaute das Schild auf dem Lastwagen, stieg ein und fuhr davon.

# Speisenkarten

Als ich vor einiger Zeit im Wirtshaus um die Speisekarte bat, wurde ich belehrt, daß es Speisenkarte heißen müsse, es stünden schließlich mehrere Gerichte drauf. Daran dachte ich, als in letzter Zeit wiederholt über die Buchmesse berichtet wurde. Warum bitte sagt man dann nicht auch Büchermesse?
Doch zurück zum Essen. Auf den meisten Speisenkarten werden Rinder-, Schweine-, Enten- und Gänsebraten in der Mehrzahl angeboten, obwohl das mit Tomate und Salatblatt garnierte Stück Fleisch, das uns vorgesetzt wird, doch nur ein verschwindend kleiner Teil vom Ganzen ist.
Im Fernsehen wird ein nahrhaftes Milchprodukt in der Größe einer Zigarettenschachtel, das kaum für eine Pause reicht, als Pausenbrot für unsere Kinder angepriesen.
Warum macht man dagegen bei Kalb und Lamm Ausnahmen? Ich habe noch keinen Wirt Kälberschnitzel oder Lämmerschlegel anpreisen sehen. Da können Verwechslungen gar nicht ausbleiben. So bestellte meine aus nördlichen Gefilden angereiste Freundin im Nobelrestaurant zur Verwunderung des distinguierten Obers Lammniäär statt Lammniere, weil sie dahinter eine französische Spezialität vermutete.
Wo allerdings im Gaststättengewerbe oberbayrisch gesprochen und geschrieben wird, herrscht Klarheit. Da werden auf der Speiskartn Rindsroulade, Schweinshaxe, Gans- und Antnbratn angeboten, wobei die Karte und die Ente bei uns auch in der Einzahl Kartn und Antn hoaßn.

# Der Austragler vom Sonnrainerhof

An diesem strahlenden Sommertag saß der alte Sonnrainer auf der Hausbank und starrte trübsinnig vor sich hin. Als ein großer Wagen auf den Hof fuhr, hob er den Kopf ein wenig. Die Leute, die aufs Haus zugingen, konnten ihn auch nicht gerade erheitern. ›Ferien auf dem Bauernhof‹ hatten die Jungen per Inserat angeboten und alle verfügbaren Räume dafür eingerichtet. So etwas hatte es früher nicht gegeben.

Der Mann und die Frau würdigten ihn keines Blickes. Dann kam ein blondes Mädchen auf ihn zu, stellte Koffer und Tasche ab und stellte sich vor:»Griaß God! I hoaß Magdalena Schmidt. Sie deaffa aba ruhig Leni zu mir sogn.«

»Und i bin da Austragler vom Sonnrainerhof«, entgegnete er. »Austragler klingt gmiatlich. Do ham S doch sicher vui Zeit.« »Sovui aa wieda ned. Aba wenn S wos braucha, könna S ruhig kumma.«

»Bitte, zoagn S ma an Hof und die Gegend a bißl! I bin glei wieda do.«

Sie trug das Gepäck ins Haus und stand nach kurzer Zeit wieder vor ihm. Die beiden gingen über den Hof durch den Obstgarten auf einem Feldweg hinunter zu einer kleinen, eingezäunten Wiese. Er zog einen Schlüsselbund aus der Tasche und öffnete ein Vorhängeschloß am Türl. Daneben rauschte ein Bach, dessen kristallklares Wasser aus dem Berg dahinter kam. Der Alte geleitete seinen Gast zu einem Tisch mit zwei Bänken unter dem breiten Vordach einer Hütte.

»Von do aus konn ma ja de Forellen zuaschaugn!« rief sie begeistert.

»Deaf i Eahna zu am Glasl Wein einladn?« fragte er, schloß die Hütte auf und holte, als sie nickte, zwei Gläser und eine Packung mit Käsegebäck. Dann zog er eine wasserdichte Box aus dem Bach, der er eine Weinflasche entnahm.

Sie hob das Glas. »Auf Eahna, Herr Sonnrainer. Sie miassn da glücklichste Mensch von da Welt sei!«

Er schaute sie eine Weile schweigend an, dann sagte er:»Auf Eahna Wohl, Fräulein Leni!«
»Sogn S bitte »Du« zu mir!« bat sie.
»Na muaßt du aa »Du« zu mir sogn!«
»Aba wia denn?« fragte sie unsicher.
»I kannt dei Großvatta sei, oiso sogst Großvatta zu mir! A Enkelin hob i mir scho oiwei gwünscht.«
Dann wollte er wissen:»Gehst du no in d Lehr?«
»Naa. I mach nächsts Johr s Abitur, drum bin i desmoi mit meine Eltern aufs Land gfahrn, weil i lerna muaß. I wui nämlich Medizin studiern, do brauch i a guads Zeugnis.« Bereitwillig gab sie Auskunft über die leitende Stellung des Vaters, die große Wohnung in einer ruhigen Straße zwar, aber eben doch in der Stadt, und die Sehnsucht ihrer Eltern nach einem beschaulichen Landleben wenigstens im Urlaub.
Dann war er dran:»Großvatta, muaß eigentlich a Austragler olles obgebn?«
»Ja, so ziemlich.«
»Wos ghört dann no dir?«
»Die Hüttn und die Wiesn.«
»Des is aba ned vui.« »Die Wiesn geht vor bis zu dene zwoa Birkn und nauf bis an d Straß, des is oa Dogwerk.«
»Und sonst?«
»Sonst hob i nix mehr, koa Frau, koan Hof, koa Wohnung, bloß no a Schlafzimmer und a Kammerl. Die Zeitn ham se gändert. Mit da Landwirtschaft geht nimma vui, heid brauchst an Nebenerwerb. Die Junga gehnga in d Stod und nach de Oidn frogt koana mehr.« Er schenkte noch einmal nach, dann verstaute er die Flasche wieder in der Box, die er im Bach versenkte, nachdem er sie mit einer Leine am Zaun befestigt hatte.
Auf dem Heimweg schwärmte sie:»So a ruhigs Platzerl bräuchad i zum Lerna.«
»Bis jetzt hod no neamad die Schlüssl kriagt, aba du deafst as hoin, wenns d mogst.«

»Magdalena, i vasteh ned, wia du di mit dem oidn Grantlhuaba obgebn mogst. D Frau Sonnrainer sogt, es is schwer mit eahm auszkumma, weil er mit nix zfriedn is.«
»Der is ned grantig, den vasteht bloß koana«, antwortete die Tochter.
Am nächsten Morgen stand sie früher auf als sonst. Sie lief hinunter und fragte die Bäuerin:»Bitte, wo is denn Eahna Schwiegavatta?«
»Der is no obn.«
Leni klopfte an mehrere falsche Türen, ehe sie die vertraute Stimme aufforderte, einzutreten.
»Guad Morgn, Großvatta! I muaß, ob i mog oda ned«, sagte sie und deutete auf ihre Schulmappe.
»Übernimm di nur ned«, sagte er freundlich und gab ihr die Schlüssel.
Auf dem Weg zur Hütte grübelte sie. Als sie am Tisch unter dem Vordach saß, schaute sie nachdenklich den Forellen zu, die Mappe blieb geschlossen. Schließlich hatte sie eine Lösung gefunden, und nun begann sie mit Feuereifer zu arbeiten. Dann lief sie zum Hof zurück.
Den Großvater fand sie hinter dem Obstgarten, wo er die Weidezäune überprüfte.
»Deandl, is da d Polizei auf de Fersn«, scherzte er, als sie keuchend vor ihm stand. Sie gab ihm die Schlüssel und sagte: »I hob wos Wichtigs mit dir zum beredn, alloa, in deim Zimma.« »Do bin i aba gspannt. Sogn ma nachm Mittogessn.«
Sie kam mit einem Meterstab. »I hob in deim Kammerl an Tisch und a Eckbank gsehng«, erklärte sie.
»Möchst as kaffa. Die do drunt ham ma scho a poormoi Antiquitätnhändla raufgschickt, aba i gibs ned her. Des san Erbstücke, die hod mei Großvatta selba gschnitzt.«
Wortlos nahm Leni Maß an Betten und Wänden, dann machte sie dem alten Sonnrainer einen Vorschlag.
»Des geht doch ned!« widersprach er zuerst, dann sagte er: »Moanst wirklich?« und schließlich:»Probiern könn ma s ja!«
Einen Stock tiefer hielten der Bauer und seine Frau Mittagsrast.

Jäh fuhr er auf:»Des hört se ja oo, wia wenn da Vatta Elefantn dressiern dad!« Er eilte hinaus, kam aber gleich wieder zurück. »I hob die Stimm vom Herrn Schmidt ghört, des schaugt bläd aus, wenn i mi do eimisch.«

Über ihrer Arbeit vergaßen die beiden den Vorfall wieder, bis gegen Abend der Schmidtsche Wagen auf den Hof rollte. Leni stieg aus und kam geradewegs in die Küche, wo die Familie bei der Brotzeit saß.

»Verzeihung, wenn i stör! Großvatta, i hob Wein, Sektgläser und Pikkolos kaft, die san guad für dei Durchblutung. I dua s in d Hüttn nunta.«

Er gab ihr die Schlüssel.

»Oiso, des dad mi jetzt doch interessiern, wos du mit dera Junga host«, fragte die Schwiegertochter ärgerlich.

»Mei, sie mog mi hoid«, erwiderte der Alte mit vergnügtem Grinsen. Dann ging er in den Obstgarten, um Fallobst aufzuklauben.

Die Sonnrainerin trat hinter die Gardine und spähte hinaus. Vor Schreck blieb ihr der Mund offen, pfiff doch der Alte eine fröhliche Melodie vor sich hin!

Später kam eine Freundin durch die hintere Türe in die Küche. Neugierig fragte sie:»Habts ihr hint naus a vermietet? Die duftigen Vorhangerl und die Geranien do drobn schaugn richtig liab aus!«

Die Bäuerin lief hinaus. Es waren die Fenster der schwiegerväterlichen Schlafkammer , die so herausgeputzt waren, und sie wußte auch gleich, wer dahintersteckte.

»Gibts des, daß a Achtzehnjährige mit am Zwoarasiebzgjährigen obandlt?« fragte sie verstört.

»Wenn wos zum holn is, warum ned!« sagte die Freundin.

Die Sonnrainerin dachte an die Wiese am Bach und bereute, daß sie es bisher versäumt hatte, dem Alten um den Bart zu gehen.

Der steckte am nächsten Morgen den Kopf zur Tür herein und meinte:»Mitm Essn brauchts heid ned auf mi wartn!«

Gegen Mittag zog der Duft von ausgebratenem Speck, gebräunten Zwiebeln und gerösteten Kartoffeln durchs Haus, der Leibspeise des Austraglers. Jetzt hielt es die Bäuerin nicht länger. Sie

lief hinauf und öffnete ohne anzuklopfen die Schlafkammertüre des Schwiegervaters. Wie angewurzelt blieb sie stehen. Nachdem ein Bett entfernt worden war, fanden unter dem Fenster Eckbank, Tisch und Stuhl Platz. Teppich, Bilder, Deckchen, alles,was sonst noch nötig war, den Raum behaglich zu gestalten, war aus der Ferienwohnung der Schmidts herübergeholt worden. Eine bunte Tischdecke und dazupassende Sitzkissen hatte Leni beigesteuert, die ihrem ›Großvatta‹ zum Einstand seine Leibspeis mit grünem Salat servierte, die er unten viel zu selten bekam.
Der Tag des Abschieds kam. Lange hielt der Austragler die Hand des Mädchens. »Leni, i dank da herzlich. Dich hod ma mei Kreszenz gschickt. ›Ma muaß aus allem im Lebn s Beste macha‹, hod s oiwei gsogt. Wia hob i des bloß vagessn könna!« Er winkte dem Wagen nach, bis er hinter einer Kurve verschwunden war.

# Feldweg

Schaugt ma vom Berg in d Landschaft naus,
dehnt se as Feld schier endlos aus,
nur Korn von vorn bis hintn.
Die gelbn Stengel, lang und schmal,
san ausgricht wia mitm Lineal,
koa Bleamerl konnst drin findn.

A schmaler Feldweg liegt danebn,
a bunta Streifn voller Lebn,
a Spui aus Formen, Farbn.
A reiches Gräsersortiment
-kaum oana, der die Nama kennt –
steht oanzeln und in Garbn.

Dazwischn wachst a roter Klee,
a Glockenbleamerl drängt in d Höh,
die Blütn sitzn lose.
A Distlstengl wia a Mast
dadruckt die Wilde Malve fast
und d Wiesn-Skabiose.

Wia Feuer leucht danebn da Mohn,
Johanniskraut, goldgelb im Ton,
a Bärenklau, a fetter,
um den sich Windnstengl drahn,
mit Blütn, zart wia Porzellan,
pfeilförmig san die Blätter.

Im Mittelstreifn findn sich
Kamille und aa Wegerich
zwischn de Fahrzeugrinna.
Des schmale Fleckerl Erde is
ois wia a Stück vom Paradies;
Natur zum Schaugn und Bsinna!

# Tau

Da Dog war wieda schwül.
Die Sonna hod koa Mitleid kennt
und gnadenlos vom Himme brennt.
Am Abnd wars endlich kühl!

D Wiesn war schier vasengt.
Die Gänsebleamerl, kraftlos, miad,
ham ausgschaugt, ois warn s scho vabliahd,
die kloana Köpf san ghängt.

Jetzt iss vorbei, die Nacht.
Es is wia a kloans Wunda, schau!
Die Wiesn is im Morgentau
zu neuem Lebn erwacht!

Langsam kummt d Sonna raus.
Es glanzn kloane Perln wia Glas
an Bleamerl, Blättern und im Gras.
Schnell laf i barfuaß naus!

Die andern schlaffa no.
I ziahg durch s feuchte Grün mei Spur,
und so erfrischt  wia die Natur
fang i mei Dogwerk oo.

# Auch schwere Stunden gehen vorbei

Das Herzsanatorium lag in einem Park mit großen Laubbäumen, schmalen, gepflegten Kieswegen und weißlackierten Ruhebänken am Rande des Dorfes. In seiner Glanzzeit hatte das langgezogene dreistöckige Gebäude mit der breiten Freitreppe und den großen Balkonen darüber das Gesicht des Ortes geprägt; die Gaststätten mit Fremdenzimmern, Cafés, Buchläden, Parfümerien und Friseurgeschäfte hätten ausgereicht, eine Kreisstadt zu versorgen. Nur ein Laden für Obst, Gemüse und Blumen fehlte.

Hinter dem Sanatorium lag ein großer Garten mit zwei Treibhäusern. Langgezogene Wege, eingesäumt mit breiten Blumenbeeten führten bis zu den Obstbäumen und Beerensträuchern und dem mit wildem Wein überwucherten Gärtnerhaus am Rande der Anlage.

Zum Zeitpunkt der Eröffnung, Mitte der dreißiger Jahre, waren bereits die Gemüsepflanzen gesetzt, die Sommerblumen gesät, die ersten Salatköpfe konnten geerntet werden. Gärtnermeister Rosenberger arbeitete mit zwei Gesellen. Seine junge Frau half ebenfalls im Garten, bis sich Familienzuwachs ankündigte. Fünf Kindern schenkte sie das Leben, da konnte sie über Jahre hinweg nur stundenweise in der Gärtnerei aushelfen.

Erst als der Krieg ausbrach und ihr Mann eingezogen wurde, kümmerte sie sich wieder selbst darum, daß die Sanatoriumsküche mit frischem Gemüse und Salat, und die Aufenthaltsräume mit Blumen versorgt wurden. Auch die Leute aus dem Dorf fanden weiterhin vor allem in den Sommermonaten ein reichhaltiges Angebot.

Als die Gesellen ebenfalls eingezogen wurden, standen ihr nur Frauen und ältere Hilfskräfte zur Seite. Damals ging die Arbeit in Haus und Garten fast über ihre Kräfte, doch sie gab die Hoffnung nie auf, daß ihr Mann bald zurückkehren und alles wieder so werden würde wie früher. »Aa schwere Stundn gehnga vorbei«; tröstete sie sich selber.

Ihr Mann kam zurück, noch ehe der Krieg zu Ende war aber mit einer Verwundung am Bein, die trotz aller ärztlichen Mühe nicht heilen wollte.
Ihr Mann litt darunter, daß er ihr, statt sie zu entlasten, noch mehr Arbeit aufbürdete.
In den letzten Kriegsjahren wurden im Sanatorium verwundete Soldaten untergebracht. Nach der Währungsreform übernahm der Landkreis das Haus und richtete es nach größeren Umbaumaßnahmen als Krankenhaus ein.
Für die Gärtnerei brachte diese Veränderung einen neuen Aufschwung. An ihrem Silberhochzeitstag gratulierten dem Jubelpaar nicht nur fünf Kinder, allesamt erfolgreich im Beruf, es konnte sich auch über einen gutgehenden Betrieb mit mehreren zuverlässigen Gehilfen freuen. Allerdings hatte Leni Rosenberger, von kurzen Verwandtenbesuchen abgesehen, in ihrem Leben noch keinen Tag Urlaub genommen.Deshalb hatten ihr die Kinder eine Ferienreise nach Kärnten geschenkt, auf der sie die jüngste, noch unverheiratete Tochter begleiten sollte.
Noch ehe es dazu kam, erkrankte der Vater an den Folgen seiner Kriegsverletzung. »Aa schwere Stundn gehnga vorbei«, redete die Mutter sich und den Kindern gut zu, als sie die Reise nach Kärnten absagte.
Doch dieses Mal irrte sie sich. Der Vater erholte sich nicht mehr, er wurde zum Pflegefall. Leni Rosenberger überließ die Gärtnerei einem Pächter und nahm eine Halbtagsbeschäftigung im Krankenhaus an, damit sie sich der Betreuung ihres Mannes widmen konnte. Nach kurzen Besserungsabschnitten, in denen sie wieder Hoffnung schöpften, folgten Rückfälle, an denen sie fast verzweifelten. Nach sechs Jahren starb der Gärtnermeister, noch keine fünfundsechzig Jahre alt. Seiner Frau fiel es unendlich schwer, sich an das Alleinsein zu gewöhnen. Die Kinder boten ihr an, zu einem von ihnen zu ziehen, doch sie entgegnete:»Jung und Oid unta oam Dach, des geht nia guad! I hob meiner Lebdog im Gärtnerhäusl gwohnt, und do bleib i, solang ma da Herrgott s Lebn laßt.«
Nach der Pensionierung des Pächters beschloß die Krankenhausverwaltung die Stillegung der Gärtnerei.

Nun kümmerte sich niemand mehr um den Garten, der von Unkraut überwuchert, bald einen traurigen Anblick bot. Leni Rosenberger hatte die Siebzig überschritten, da begann sie an einem Frühlingstag die Obstbäume und Sträucher um ihr Haus zu beschneiden, ein paar Beete zu säubern und umzugraben. Bald keimten und sprossen Gemüse, Salat und Blumen. Kinder und Enkel atmeten erleichtert auf und zeigten sich als dankbare Abnehmer. Doch die schönsten Blüten aus ihrem Garten trug sie zum Grab ihres Mannes in den nahen Friedhof hinüber. Nachdem auch die schwersten Stunden im Leben der Leni Rosenberger überwunden waren, hoffte sie, ihren Lebensabend in Ruhe genießen zu können.

Eines Tages lag ein Brief der Krankenhausverwaltung in ihrem Kasten. Nichts Gutes ahnend öffnete sie ihn mit zitternden Händen.

Im Zuge großzügiger Baumaßnahmen zur Erweiterung der Krankenabteilungen und zum Bau eines Schwesternwohnheimes müßte der brachliegende Garten bebaut und das ehemalige Gärtnerhaus abgerissen werden, stand da zu lesen.

Stundenlang saß sie, das Schreiben in der Hand, unfähig einen klaren Gedanken zu fassen. Zum ersten Mal in ihrem Leben fühlte sie sich völlig hilflos. Sie telefonierte mit den Kindern, die sich wenig später bei ihr trafen. Ihren Vorschlag, zu einem von ihnen zu ziehen, lehnte sie auch diesmal ab.

Einer ihrer Söhne wollte über seine Beziehungen eine kleine Wohnung in einer Seniorenwohnanlage besorgen. Der Gedanke an die vielen fremden Menschen in einem solchen Haus ängstigte sie, doch aus Angst, für undankbar gehalten zu werden, nahm sie den Vorschlag an.

In den nächsten Monaten bereiteten ihre Söhne und Töchter gemeinsam den Umzug vor. Trotz aller Bemühungen gelang es ihnen nicht, die trüben Gedanken der Mutter zu verscheuchen. Erst als sie in ihrer neuen Wohnung viele Gegenstände wiederentdeckte, an denen ihr Herz hing, huschte ein kleines Lächeln über ihr Gesicht. Auch der große Garten gefiel ihr.

Dann gingen die Töchter mit ihr durch die Ahornallee bis zu den

Bänken am Weiher. Aus dem Schilf schwamm eine Wildente mit ihren Küken. Auf einem grünen Teppich aus Seerosenblättern öffneten sich ein paar weiße Blütenkelche mit rosa Spitzen.
Als daheim auf dem Gartenteich, den die Brüder angelegt hatten, die ersten Seerosenknospen aufbrachen, kannte ihre Freude keine Grenzen, jetzt gingen ihre Blicke teilnahmslos über das Wasser. Auch die Musik und gedämpfte Stimmen, die vom nahen Campingplatz herüberkamen, interessierten sie nicht.
Beim Zurückgehen sagte sie:»I woaß, ihr moants mas guad. I bin euch aa dankbar. Aber jetzt muaß i mi zerst eigwohna. Laßts ma bittschön a bißl Zeit! I rühr mi scho, wenn i wos brauch.« Über

eine Woche warteten die Kinder vergeblich auf ihren Anruf. Voller Sorge machte sich die Älteste auf den Weg.
Niemand meldete sich, als sie an der Wohnungstüre klingelte. Eine Nachbarin sagte:»Scho seit a poor Dog gehts allerweil alloa zum Weiher hinta und kummt erst nach a poor Stund wieda zruck.«
Die Tochter lief durch die Allee. Friedlich schwammen die Enten auf dem kleinen See, ein paar Libellen huschten darüber, ein Fisch hechtete nach einem Insekt und platschte ins Wasser zurück. Ratlos ging die junge Frau zum Campingplatz hinüber.....und traute ihren Augen nicht.
Ihre Mutter saß auf einem Klappstuhl an einem kleinen Tisch in Gesellschaft eines sportlichen Mannes mit nacktem, sonnengebräuntem Oberkörper, eine ebenfalls leichtbekleidete Frau kam mit einer Schüssel voll Salat aus dem Wohnwagen dahinter. Die Mutter entdeckte die Tochter und begrüßte sie, die Frau deutete auf ihren Gast und erklärte:»Sie wollt ned glaubn, daß mia olles dabei ham, wos ma zum Lebn braucht, do ham ma s einfach zum Essn eingladn.«
Auf dem Rückweg sagte die Mutter verwundert:»Es gibt sovui Interessantes, wos i no ned kenn. Es wead Zeit, daß i mi umschaug!« Sie schwieg eine Weile und fuhr fort:»Aa die schweren Stundn gehnga vorbei. Manchmoi dauerts hoid a bißerl länger!«

# Bildungsreise

Zwoa Münchner Freunde fliagn nach Rom
zu Engelsburg und Petersdom,
doch kenna sa se dort ned aus.
A Nachbar ziahgt an Bildband raus
und frogt, ob s gern wos z lesn hättn
üba berühmte, oide Stättn.
Die zwoa langa begeistert zua,
im Flugzeig ham s ja Zeit grod gnua,
und über Bogen, Säulen, Thermen
und Tempeln kumma s glei ins Schwärmen.
Do dringt a Stimm an eahna Ohr:
»Da Landeanflug steht bevor!«
Die Spezln jammern:»Des is schod,
guade zehn Seitn fehln uns grod!«
Die Crew, kannst moana, gibt wos drauf,
scho ziahgt da Airbus wieda nauf,
er konn no ned auf d Landebahn
und soi no a poor Rundn drahn.
Die Spezln setzn Wort für Wort
das Studium der Antike fort.
Doch wos die Fluggäst kaum begreifn,
no zwoamoi gehts in d Warteschleifn.
Die Freunde blattln mit Genuß
und kumma glücklich bis zum Schluß.

S frogt oana:»Habts jetzt oiss vastandn?
Na könn ma vielleicht endlich landn!«

# Ferngespräch

As Haus betritt da Junior,
a laute Stimm dringt an sei Ohr.
Er stutzt, dann zoagt er aufs Büro:
»Wos plärrt den unsa Vatta so?«
Sei Schwester sogt:»I woaß s ned gwiß,
i glaub, er spricht grod mit Paris.«
Kopfschüttelnd moant do drauf da Sohn:
»Warum nimmt er ned s Telefon!«

# Das Bild der alten Mühle

Das Textilhaus Weidenauer mit seinen Laden- und Fabrikationsräumen stand an einer vielbefahrenen Straße am Rande der Stadt, dahinter lag in einem Garten die Villa des Besitzers. Der Duft von Wiesenblumen zog auf die Terrasse, wo die Familie gerade das Frühstück einnahm.
»Wos schenk ma denn da Großmutter zum Geburtsdog?« fragte Kathi, die achtzehnjährige Tochter.
»D Großmutter wui doch koa Gschenk. Sie freit se am meistn, wenn die ganze Vawandtschaft zum Feiern kummt«, erklärte ihre Mutter.
Der Hausherr stellte richtig:»Sie wui ned, daß ma vui Geld ausgebn. Mia miassn wos findn mit am ideellen Wert. Mit leere Händ könn ma ned zum Fünfundsechzigstn kumma!«
Kathi meinte:»I ruaf s oo und frog, ob i s bsuacha deaf.Dann schaug i mi um, vielleicht foid ma wos ei.«
Florian Weidenauer stimmte seiner Tochter zu:»Des is a guade Idee. Wenn mei Muatta ned gwesn waar, hätt unsa Gschäft nia so an Aufschwung gnomma. Mei Vatta hod leida weniger Ehrgeiz ghabt.«
»Der hod se liaba um die Kundinnen kümmert«, sagte seine Frau.

Nun hatte sich Ursula Weidenauer, die Seniorchefin, ins Privatleben zurückgezogen. Die meiste Zeit verbrachte sie allein in ihrem Haus auf dem Land.
»Schee, daß ma di aa amoi wieda siehgt!« begrüßte sie die Enkelin und bat sie zu Tisch.
»Apfestrudl! Den hob i ois Kind scho am liabstn bei dir gessn«, schwärmte Kathi. Sie schaute sich um. Bücherschränke, Regale für Schallplatten und Kassetten platzten schier aus den Nähten, Bilder und andere Kunstwerke kaufte Großmutter seit eh und je nach ihrem eigenen Geschmack. Es war schwer, in diesem Haus eine Anregung für ein Geschenk zu finden.

Später fiel ihr Blick auf die Schmuckkassette im Schlafzimmer. »Deaf i amoi neischaugn?« fragte das Mädchen neugierig. Großmutter entnahm ihrer Handtasche einen Schlüssel und schloß das Kästchen auf. Es enthielt ein paar Halsketten, Ohrgehänge, Fingerringe und eine goldene Armbanduhr.
»Do gibts amoi ned vui zum Erbn«, scherzte sie, »i mach ma nämlich nix aus Schmuck.«
»Und warum sperrst des Kastl dann zua?« wollte Kathi wissen. Da entdeckte sie in einem Zwischenfach eine alte Fotografie, der man ansah, daß sie oft hervorgeholt worden war. Sie zeigte zwei junge Frauen und einen großen, schlanken Mann, der zu einer dunklen Hose einen ebensolchen Rollkragenpullover trug.
»Wer san denn die Leut?« fragte sie.

Großmutter erzählte:»Des Buid hob i vor vierzg Johr aufgnomma. Domois war dei Papa grod vier Johr oid. I war krank und hob a Erholung braucht. Dei Großvater wollt mi ned begleitn, drum hod er mi zu meine Vawandtn in die Berg gschickt, damit i Aufpasser hob. I war nämlich ned grod schiach.
Onkel und Tante ham mit ihre Töchter - de zwoa auf dem Foto - an Hof bewirtschaft. Schwiegersöhne warn koa in Aussicht, obwoih s nimma z friah gwesn waar.
Oamoi hod mi mei Kusine im Hausgang obgfangt. Da Sohn von de Nachbarn, der ois Pfarrer in Niederbayern glebt hod, is auf Bsuach kumma. Sie hod gmoant, mit meim ärmellosn Gwand kannt i ned in d Stubn geh. I soid ma wos Anständigs ooziahgn. Guad, hob i mir denkt, dua i ihr hoid den Gfoin, wenn der oide Herr koa Vaständnis für junge Leut hod. Ausm Schrank von meina Oma hob i an dunklen Strickrock und a hochgschlossne Blusn ghoid, meine Hoor hob i mit am Bandl zammbundn, dann bin i neiganga. Mei Tante waar beinah vom Stuih gfoin, wia s mi gsehng hod. Aba die nächste, die fast da Schlog gstroaft hätt, war i. Der Pfarrer war nämlich höchstens sechs Johr älter ois i, a fescher Mo mit dichte blonde Lockn. Natürlich hod er s Grinsen ned vabeißn könna, wia er mein Aufzug gsehng hod. Und i hob vor lauter Verlegenheit koa Wort rausbracht. Er hod se mit mei-

ner Kusine untahoitn, die in da Kirch d Orgel gspuid hod, weil er in da Friah Messn lesn wollt.«

Großmutter schaute lächelnd auf das Foto, dann holte sie eine Flasche Wein und zwei Gläser und ging auf die Terrasse. Kathi spannte den Sonnenschirm auf. Dann wollte sie wissen, wie die Geschichte weiterging.
Ursula Weidenauer erinnerte sich genau. Am nächsten Tag war sie mit einem Buch durch den Garten über die Wiese zum Bach gegangen. Auf der gegenüberliegenden Seite, bei der alten Mühle, stieg das Gelände sanft an, dahinter erhoben sich schroff die Felswände. Sie setzte sich auf eine Bank, schaute den Fischen zu und bemerkte den Mann nicht, der näherkam. Im Vorübergehen grüßte er, drehte sich um und blieb wie angewurzelt stehen.
»Jetzt hätt i Eahna beinah ned kennt«, sagte er und starrte sie an.
»In de eigna Kleider fühl i mi bedeutend wohler«, sagte sie nicht weniger verlegen. Er wies auf seinen Zeichenblock:»Scho immer wollt i den Bach und die Mühle maln. Jetzt kumm i endlich dazua, mia a poor Skizzen z macha«. Dann hatte er sich gefangen. Ob sie nicht mitkommen wolle, fragte er, weiter unten habe er einen besseren Platz zum Zeichnen gefunden. Sie gingen den Bach entlang, sprachen über Bücher und Bilder oder schwiegen. Die Sonne stand schon tief, als sie ins Dorf zurückkehrten.
Die Kusinen schienen Posten bezogen zu haben, denn die ältere tadelte:»Des ghört se ned, daß a vaheirate Frau mit am geistlichen Herrn auf vaschwiegene Wegerl rumschleicht!«
Als hätten sie sich verabredet, trafen sich der Nachbarssohn und Ursula Weidenauer auch am folgenden Tag am Bach. Diesmal wanderten sie über den Steg an der Mühle vorbei den Hügel hinauf. Von nun an sahen sie sich täglich.
Großmutter blickte versonnen auf das Bild und schwieg eine Weile, ehe sie fortfuhr:»Koa Sekund ham ma vagessn, daß ma gebundn san, aba mia ham nach am Weg gsuacht, daß ma uns nimma aus de Augn valiern.
Gega mei Gwohnheit bin i in d Friahmess ganga, do hod mei Tan-

te mein Mo oogruafa, er soi mi sofort obhoin, bevor s ganze Dorf üba mi tratscht.
Am Nachmittog war i scho dahoam. Mei Post, meine Anrufe san kontrolliert worn, do hob i mi in d Arbad gstürzt. Aba vagessn hob i von dene poor Dog in de Berg ned oa oanzige Stund«. »Und er?« fragte Kathi.
»Meine Kusinen ham ma später amoi erzählt, daß er in seiner Pfarrei an Kindagartn und a Haus für alleinerziehende Müatta baut hod, und daß er da beste Seelsorger war, den ma se denkn hod könna.
Vor drei Johr hob i zufällig in da Zeitung glesn, daß er in seiner niederbayrischen Pfarrei gstorbn und beerdigt worn is.« Großmutter legte das Bild in die Schatulle zurück und verschloß sie wieder. Kathi hatte es plötzlich eilig. Von ihrem Vater erfuhr sie die Anschrift der Verwandten, von diesen den Ort, in dem der Geistliche gelebt hatte. Gleich machte sie sich auf den Weg.
Sie besuchte die Schwester des verstorbenen Pfarrers. Bei einer Tasse Tee erzählte sie von ihrer Großmutter.
»I hob wos für Eahna!« sagte die alte Dame und ging voraus in das Arbeitszimmer ihres Bruders. Gegenüber von seinem Schreibtisch hing das Bild der alten Mühle am Bach. Sie nahm es ab und erklärte:»Mei Bruada hod sei ganze Freizeit an da Stafflei zuabracht. Er hod olle seine Buida für wohltätige Zwecke vakaft, nur des oane hod er bhoitn, obwohl eahm vui Geld gebotn worn is. ›Des is a Erinnerung an mein scheenstn Urlaub‹, hod er imma gsogt.«

Mit der ihr eigenen Gelassenheit nahm Ursula Weidenauer alle Ehrungen und Geschenke der Belegschaft, der Stadt und der Familie entgegen. Erst als Kathi das Bild auspackte, wurden ihre Augen feucht. Dabei hätte das Motiv, eine alte Mühle an einem Bach vor dem Hintergrund einer Berglandschaft, von einer Kitschpostkarte stammen können.

# Da Vakehrssünda

Stockfinsta iss, doch d Nacht is warm.
Durch s Dorf geht hoamzua da Gendarm,
a Radler kummt entgegn,
fahrt ohne Liacht und ziemlich schnell.
Da Schandi stoppt n auf da Stell,
dann is er recht valegn.

»Herr Pfarra, s duad ma wirklich leid.
Ohne Beleuchtung um die Zeit,
i muaß a Buß valanga.
Zwanzg Mark, die zoihn S am bestn glei,
und i spar mia die Schreiberei,
und dann wead z Fuaß hoamganga!«

Hochwürden sogt in strengem Ton:
»Ich zahl das Bußgeld nicht, mein Sohn.
Du solltest dich genieren,
denn höre zu und sei belehrt,
daß doch der Herr stets mit mir fährt.
Mir kann gar nichts passieren!«

Kopfschüttelnd sogt drauf da Gendarm:
»Geh, nehma S mi ned aufn Arm!
Aa im Verkehr gibts Sündn!
Zwoa auf oam Radl, des is stark!
Hochwürdn, jetzt machts fuchzig Mark,
und nachha könnts vaschwindn!«

# Kindasegn

A Pfarra traut a junges Paar,
wünscht reichn Kindasegn,
doch wia er s trifft nach guad drei Jahr,
do san de zwoa valegn,

sie kumma bestens mitnand aus,
und guad is die Beziehung,
bloß is hoid no koa Kind im Haus,
trotz eifriger Bemühung.

Da Pfarra spricht a ernstes Wort,
an Ausweg muaß ma findn.
Er wui an am bestimmtn Ort
a Kerznliacht aufzündn.

Oa Jahr ums anda geht ins Land.
Da Pfarra staunt ned minda,
im Gartn hupfa umanand
sechs pumperlgsunde Kinda.

A Oma schaugt so dann und wann,
daß d Enkerl nix vamissn.
Wo d Mama und da Papa san,
wui jetzt da Pfarra wissn.

Die Oma nimmt a Kloans an d Hand,
putzt eahm mitm Schürzerl d Nosn,
die Eltern san heid üba Land,
a Kerzn woin s ausblosn.

# Begegnung mit Benni

Eigentlich hatte sich Agnes Wegner vorgenommen, gleich nach ihrer Ankunft im Hotel »Zur Post« die Umgebung zu erforschen, doch nun schaute sie schon seit einer Stunde aus dem Fenster auf die weidenden Kühe jenseits des Baches und die sanft ansteigenden Berge dahinter.
Der Arzt hatte ihr empfohlen, die notwendige Erholung nach einer schweren Grippe mit einem Tapetenwechsel zu verbinden. Jetzt fehlte ihr der Auftrieb, etwas zu unternehmen. Sie dachte besorgt an ihre vielen Blumen in Haus und Garten und fragte sich, ob ihr Mann, der sich noch nie darum gekümmert hatte, sie richtig pflegen würde. Sie sinnierte, wie er, der sich ständig bedienen ließ, überhaupt allein zurechtkam. Auf ihren Vorschlag, eine entsprechende Anzahl von Gerichten vorzukochen und einzufrieren, hatte er geantwortet:»I mog nix Aufgwärmts!«
»Na gehst ins Wirtshaus. Vor deiner Pensionierung host ja aa auswärts gessn«, hatte sie erwidert, fest entschlossen, ihn dieses eine Mal seinem Schicksal zu überlassen. Tag für Tag hatte sie in der Küche gestanden, immer bemüht, seinen Ansprüchen zu genügen, nun würde sie sich auch einmal zwei Wochen bedienen lassen.
Sie zog ihre Strickjacke über und legte ein Halstuch um. In der Dorfstraße begegneten ihr ein paar spielende Kinder, Frauen, die in ihren Gärten arbeiteten, grüßten freundlich über den Zaun, auf einer Hausbank saß ein alter Mann, der genüßlich seine Pfeife rauchte. Jetzt begann sie, sich auf ihren Urlaub zu freuen.
Auf einem schmalen Weg, vorbei an Wiesen und Feldern, ging sie auf eine Anhöhe mit einer kleinen Kapelle zu, da überholte sie ein kleiner, schwarzbrauner Hund undefinierbarer Rasse.
»Ja, wo kummst denn du her?« sagte sie, da kam das Tier zurück und ließ sich freundlich wedelnd streicheln. Suchend schaute sie sich um, niemand war zu sehen. Sie setzte sich auf eine Bank in der Nähe, der Hund legte sich zu ihren Füßen ins Gras. Sie wartete eine Weile, dann nahm sie ihr Tuch ab, es war aus festem

Stoff und schon etwas abgetragen, band einen Zipfel an das Halsband des Tieres, den entgegengesetzten schlang sie um ihre Hand. Sie ging den Weg ins Dorf zurück, der Hund blieb brav an ihrer Seite. Leute, die ihr begegneten, fragte sie nach seinem Besitzer und erfuhr bald:»Des is da Benni von da Frau Lorenz, die wohnt in da Forststraß.«
Nach einer genauen Wegbeschreibung fand sie das Haus ohne Mühe. Auf ihr Läuten erschien eine Blondine mit modischem Haarschnitt. Sie trug eine lange blaue Hose und eine karierte Hemdbluse.
»Gott sei Dank!« sagte sie erleichtert, »drei Stund war da Benni furt, i war scho ganz vazweifelt!« Sie bat die Fremde ins Haus. Bei einem Glas Wein stellte sich heraus, daß beide Frauen fast gleichaltrig waren. Freimütig erzählte Eva Lorenz, daß ihr Mann zwar im Ruhestand lebe, aber noch genausooft verreise wie früher, wobei sie keine Ahnung habe, ob er für seine ehemalige Firma unterwegs sei, oder privat.
Agnes Wegner meinte:»Do kannt i Eahna ja fast beneidn. Mei Mann sitzt seit da Pensionierung dahoam rum, vormittags liest er d Zeitung, nachm Mittagsschlaf macht er sein Spaziergang und abends sitzt er bis zum Sendeschluß vorm Fernseher.« »Und Sie?« fragte Frau Lorenz.
Agnes Wegner zuckte mit den Schultern und sagte:»Er hod sei ganz Lebn lang garbad, do steht eahm zua, daß er sein Ruhestand genießt und se um nix kümmert, no dazua, wo i ja die ganze Zeit bloß dahoam rumgsessn bin, sogt er.«
»Ham Sie koane Kinda?«
»Doch, zwoa. Die san längst ausm Haus. Und wia s ausm Gröbstn raus warn, hob i mi um meine krankn Schwiegaeltern kümmern miassn. Aber des zählt oiss ned. I hob mi dro gwohnt, daß mei Ehe a einseitiges Dienstleistungsverhältnis is.«
Nachdenklich sagte Frau Lorenz:»I bin aa a Zeitlang seelisch durchghängt. Mia war aa olles wurscht. Aber i hob mi wieda dafangt. Heid denk i mir: Mei Mittelpunkt bin i, und dann kummt olles andere!«
Sie lud ihre neue Bekannte für den folgenden Tag zum Kaffee ein.

»Ois Dank dafür, daß S ma mein Ausreißer zruckbracht ham«, meinte sie.
Auf dem Rückweg zum Hotel sinnierte Agnes Wegner vor sich hin. »Mei Mittelpunkt bin i, und dann kummt olles andere!« sagte sie halblaut.
Nach dem Abendessen schaltete sie in ihrem Zimmer den Fernseher ein, doch immer wieder drängte sich Eva Lorenz in ihre Gedanken. Durch ihre gepflegte Erscheinung und ihr sicheres Auftreten wirkte sie viel jünger. Dagegen fühlte sich Agnes alt und unscheinbar. Sie trug zeitlose, pflegeleichte Kleidung, einen einfachen Haarschnitt. »Für dahoam langts scho«, hatte sie sich immer gesagt. Aber jetzt war sie nicht daheim!

Am nächsten Morgen ließ sie sich in der Rezeption einen guten Friseur nennen. In der Hauptstraße entdeckte sie eine kleine Boutique mit hübschen, nicht allzu teuren Kleidern. Nach dem Kauf einiger Kosmetikartikel ging sie in ihr Hotel zurück. Wenn auch ungewohnt, es machte ihr Spaß, nach langer Zeit wieder mit Make-up, Lippenstift und Nagellack zu hantieren. Zufrieden machte sie sich am Nachmittag auf den Weg in die Forststraße.
Die beiden Frauen trafen sich von nun an täglich. Beide interessierten sich für klassische Musik und Bücher, und sie waren froh, sich aussprechen zu können.
Am Tag des Abschieds hatte Eva Lorenz den Kaffeetisch mit Blumen, Silber und Kerzen festlich gedeckt. Zwei Sektgläser standen bereit. »Es macht ma Spaß, jemand zu verwöhnen. Leider hob i vui z wenig Gelegenheit dazua!« erklärte sie ihrer neuen Freundin. Die beiden Frauen tranken Brüderschaft und versprachen, sich gegenseitig zu besuchen und zu schreiben.

»Froh bin i, daß d wieda do bist!» sagte ihr Mann, als Agnes zur Tür hereinkam, aber nicht etwa, weil er Zeitlang gehabt hätte, sondern weil ihm das Wirtshausessen nicht mehr schmeckte.
Die Blumen hatten ihre Abwesenheit gut überstanden, die Wohnung war sauber. »Aber eireißn laß ma des ned!« sagte er mit Nachdruck, als sie ihn lobte.

Während er ihre äußerliche Wandlung ohne Kommentar zur Kenntnis nahm, störte es ihn immer mehr, daß sie neuerdings regelmäßig zur Leihbücherei ging und abends auch noch Vorträge besuchte. Als sie nicht auf seine abschätzigen Bemerkungen reagierte, überwand er sich widerstrebend und begleitete sie zu einem Dia-Vortrag über die Alpen, der ihm wider Erwarten ausnehmend gut gefiel. »So wos miassad ma öfta ooschaugn!« sagte er anerkennend und bemühte sich fortan sogar, sie gelegentlich im Haushalt zu unterstützen.
Agnes Wegner schrieb einen Brief an Eva Lorenz, bedankte sich noch einmal für die freundliche Aufnahme und die guten Ratschläge, die ihr sehr geholfen hätten. Sie habe bei ihrem Bemühen um etwas mehr Gleichberechtigung bereits Boden gewonnen.

Postwendend kam die Antwort:»Liebe Agnes, mein Mann ist früher als erwartet kurz nach unserem Abschied von seiner Reise zurückgekehrt. Ich hatte den Tisch noch nicht abgeräumt. Jetzt ist er überzeugt, daß ich während seiner Abwesenheit Herrenbesuch empfangen habe. Stell Dir vor, jetzt will er nicht mehr ohne Benni und mich verreisen. So haben wir nicht nur schöne, erholsame Stunden miteinander verbracht, wir haben uns auch gegenseitig helfen können.«

Dazu wäre es jedoch nie gekommen, wenn nicht ein kleiner Mischlingshund namens Benni eines Tages von daheim ausgerissen wäre.

# Herbstwind

Herbstlich wead allmählich s Wetta,
nur wenn d Sonna scheint, iss warm.
Zwischn bunte Ahornblätta
tanzt a kloana Mucknschwarm.

Gelbe Kapuziner leuchtn
nebn Astern, weiß und blau.
In da Friah, im Gros, im feuchtn,
glänzt wia Diamant da Tau.

No hängt s Laub an Eichn, Buacha.
Letzte Rosn bliahn no rot.
Viecherl, die se Fuatta suacha,
darbn ned und leidn koa Not.

Und da Herbstwind geht spazieren,
lobt den Friedn und die Ruah.
Do braucht er se no ned rühren,
sogt er se:»I wart no zua!«

Vui z friah konn da Winta startn,
er schleicht lang scho umanand.
Endlich braucht er nimma wartn:
»Jetzt nimm i des Gschäft in d Hand!«

Nasser Schnee foid scho seit Stundn.
D Kapuziner gehnga ei,
d Rosnblütn  san vaschwundn
und in n Igelbau schneits nei.

Hui, do pfeift da Wind um d Eckn,
und a Blätterregn foid.
Baam wern kahl, a graue Deckn
schützt an Bleamegartn boid.

Bei de Obstbaam, vor da Heckn,
überoi liegt Laub grod gnua.
Viecherl könna se vasteckn.
Boid herrscht draußn Wintaruah.

Grod wui i erleichtert schnaufa.
Hod da Herbstwind zguada Letzt
mia ned no an Blätterhauffa
direkt vor mei Haustür gsetzt!

# Packlsuppn und Brot

Der neue Attlingerhof liegt abseits vom Dorf, Wiesen und Felder umgeben ihn. Lüftlmalereien zieren die Vorderfront, auf den Balkonen und vor den Fenstern leuchten rote Geranien. Auch das unter Denkmalschutz stehende alte Anwesen der Familie neben der Kirche erweckt einen gepflegten Eindruck. Nach gründlicher Renovierung wurde das Wohnhaus vermietet. Für Stall und Tenne waren Umbaupläne für zwei Wohnungen bei den Behörden eingereicht worden.
Der alte Attlinger hatte mit dem Bau des Aussiedlerhofes lange gezögert. Thomas, sein einziger Sohn, hatte studiert. Künstlerisch begabt, war er auch äußerlich nicht das, was man sich unter einem gstandnen Mannsbild vorstellt. Umso größer war die Überraschung, als er dem Vater erklärte, Bauer werden zu wollen. Damals, vor ungefähr zehn Jahren, hatten die beiden einen Architekten bestellt.
Es war an einem regnerischen Tag, als die Familie grübelnd am großen Tisch in der Stube saß. Die Mutter war seit einiger Zeit in ärztlicher Behandlung. Nun war ihr mitgeteilt worden, daß eine Hüftoperation unumgänglich sei.
»Vielleicht helfn Bäder oder Massagn«, meinte sie.
»Mia deanga des, wos da Dokta sogt, olles andere is Flickschuasterei und huift da ned weida«, bestimmte der Vater.
»Des dauert Wochen, und wos wead dann aus eich?« sorgte sie sich. »Mach da koane Gedankn, mia vakumma scho ned«, beruhigte er sie. »Vielleicht kannt d Aubacher Resi eispringa«, schlug sie vor.
Die Tochter vom nachbarlichen Hof war tüchtig und resolut, eine bessere Schwiegertochter hätte man sich auf dem Attlingerhof nicht wünschen können, doch da lebte in der Stadt eine elegante, junge Dame, zu der Thomas sich hingezogen fühlte. Darum widersprach er auch gleich:»Naa! Zerst red i amoi mit da Marion!« Der Vater gab zu bedenken:»Dei Freundin is bei da Bank. Do sitzt s den liabn

langa Dog am Schreibtisch. Schaug da amoi die Handerl oo, die hod doch in ihrem ganzn Lebn no koa Kuah ooglangt!«
Thomas erwiderte:»Nach da Schui hod s a Zeit in am landwirtschaftlichen Betrieb garbad, weil s scho oiwei aufs Land woit. Die Banklehre hod s bloß gmacht, weil s do schnella zu Geld kumma is. I red auf jedn Foi amoi mit ihra.«
Der Vater zuckte die Schultern, die Mutter seufzte tief, doch Thomas sah endlich eine Gelegenheit, seine Marion daheim einzuführen, und sie konnte prüfen, ob sie den Aufgaben einer Bäuerin gewachsen sein würde.
Marion schien auf dieses Angebot gewartet zu haben. Zunächst wollte sie sich von der Bank beurlauben lassen. Erwiesen sich die Schwierigkeiten doch als zu groß, konnte sie jederzeit wieder an ihren Arbeitsplatz zurückkehren.
An ihrem letzten Tag daheim litt die Attlingerin große Schmerzen; sogar das Gehen am Stock bereitete ihr Schwierigkeiten. Sie hatte nichts dagegen, daß Resi den Tisch deckte und Marion den Kuchen aufschnitt. Als die Mädchen in die Küche gegangen waren, sagte der Bauer anerkennend:»Host as gsehng, daß sa se d Finganägl gschnittn hod?« »Kurze Nägl macha no koa Bäuerin«, entgegnete sie gereizt. Dann beobachtete sie wieder ihren Sohn und die Nachbarstochter, ob nicht wenigstens eine Spur von Zuneigung zwischen den beiden zu entdecken war.
Marion erschien nach kurzer Abwesenheit im Overall und sagte entschlossen:»Thomas, i huif da im Stoi!«
»Wenn des bloß guad geht!« bemerkte der Vater, und »hoffentlich gehnga eahm jetzt d Augn auf«, die Mutter, als die beiden draußen waren.
Nach einer Weile fuhr der Traktor vom Hof. Der Alte eilte ans Fenster und sagte verwundert:»Da Thomas fahrt furt! Auweh! Do moan i oiwei, hods wos gebn!« Er ging in den Stall hinüber, wo Marion mit dem Melkzeug umging, als hätte sie nie etwas anderes getan, dabei redete sie einer Kuh gut zu. »Wo is denn da Thomas?«fragte er.
»Der richt an Weidezaun am Anger hint, do san a poor Stempn locker«, antwortete sie.

»Konn i Eahna wos helfn?«
»Naa. Da Thomas is ja glei wieda do.«
Der Bauer ging in die Stube zurück und sagte anerkennend: »Bei dera is sogor d Stasi zahm wia a Lambberl. Die langt hi, wia wenn s im Kuahstoi aufgwachsn waar.«
»Wos, d Stasi, die bockboanigste von olle! Na konn i mir ja Zeit lassn mitm Gsundwern, wenn a so a guade Vatretung do is!« entgegnete sie bissig.
»Sei doch froh, daß ma ned auf fremde Leut oogwiesn san!« meinte er.
Nach dem Abendessen fuhr Marion in die Stadt zurück, Thomas blieb bei seinen Eltern.
»Wo hodn die d Stoiarbad glernt?« wollte die Mutter wissn.
»Aufm Hof von ihrm Onkel. Seit mia wissn, daß ma zammghörn, war s jede freie Minutn draußn.«
»Des kon i mir vorstelln. In so a gmachts Nest dad se manche gern neisetzn«, murmelte sie kaum hörbar. Den Männern war diese Äußerung nicht entgangen, aber wegen ihres Zustandes verzichteten sie auf eine Erwiderung.
Am nächsten Morgen brachte der Bauer seine Frau ins Krankenhaus. Er blieb bei ihr, bis sie im Bett lag, beruhigte sie und versprach, bald anzurufen.
Die Operation verlief zufriedenstellend. Ihr Zustand besserte sich bald.
»Is dahoam oiss in Ordnung?« wollte sie wissen, als ihr Mann zur Tür hereinkam.
Der Bauer bejahte, vergaß aber nicht, zu erwähnen:»Aber du gehst uns scho recht ob!«
Marion hatte ein paar Stücke selbstgebackenen Gesundheitskuchen mitgeschickt. »An Hefezopf dad i gern wieda amoi essn«, wünschte die Kranke und bekam ihn prompt beim nächsten Besuch. Sie wickelte die Schnitten aus dem Papier und betrachtete sie genau.
»Der is ja vom Bäcker, des siehgt a Blinder. Solang i denkn kon, is in unserm Haus no koa Kuacha kaft worn, höchstens Torten zu Familienfeiern«, sagte sie ärgerlich.

Thomas, der sie danach besuchte, brachte eine Neuigkeit mit: »Die Umbaupläne fürn oidn Hof san genehmigt. Da Architekt hod die Kostnvoranschläg scho bracht!«
»Dann miaßts von da Bank an Finanzierungsplan erstelln lassn«, erinnerte sie.
»Den hod d Marion scho gmacht.«
Es war nicht zu übersehen, daß es in ihr zu gären begann, aber der gefürchtete Ausbruch blieb aus, den erlebte der alte Attlinger am nächsten Tag:»Marion hint und Marion vorn. Jetzt mischt sa se sogor in unsere Geldangelegenheitn. Do wead oam ja s Heft aus da Hand gnomma, bevor übagebn is. Aba i bin no lang koa Austraglerin......i ned! Und bsuacha braucht s mi aa ned!«
An diesem Tag kam keine vernünftige Unterhaltung mehr zustande. Betrübt machte sich der Bauer auf den Heimweg. Die zwei Männer und Marion hausten gut miteinander, sie sagte längst »Vater« zu ihm. Wie harmonisch hätte das Leben auf dem Hof verlaufen können, wenn die Mutter nicht so unversöhnlich gewesen wäre. Trotz aller Grübeleien sah er keinen Weg, die Frauen einander näher zu bringen.
Bei seinem nächsten Besuch fand der alte Attlinger seine Frau in gedrückter Stimmung. Er berichtete von daheim, vermied aber, den Namen »Marion« auszusprechen, bis sie fragte:»Wos habts denn heid gessn?«
Er antwortete zögernd:»A Packlsuppn und a Brot. Da Marion san d Dampfnudln zammgfoin. Sie sogt, mit Hefedoag hod s no koa Erfahrung.«
».....aber mit Finanzierungsplän«, zischte sie giftig.
»Sie sogt, sie freit se, wennst wieda hoam kummst,weil s no vui lerna muaß von dir.«
Sie schwieg, doch ihre Gesichtszüge entspannten sich. Auszogne, Rohrnudeln, Dampfnudeln, Zopf bildeten einen wichtigen Teil der Ernährung auf dem Attlingerhof. Es ging also doch nicht ohne sie!
»Sog da Marion, sie soid mi hoid aa amoi bsuacha, und so an guadn Gsundheitskuacha wia den ihren hob i scho lang nimma gessn.«

# Da Opernsänger

A Sänger mietet se a Zimma,
denn in da Stod is Festspuizeit.
Am Vormittog, do probt er imma,
am Abend singt er vor de Leut.
Triumphe feiert er tagtäglich,
es rast und tobt sei Publikum.
Übt er dahoam, iss eher kläglich,
die Hausbewohner, sie bleibn stumm.
Ob er Bajazzoarien schmettert
– er war erst kürzlich an da Met –
sei Seele ois José entblättert,
die Nachbarn intressiert des ned.
Muaß er in Tosca Qualen leidn,
tönt La Boheme durchs Treppenhaus,
singt ois Don Carlos er vom Scheidn,
die andern macha se nix draus.

S is Vormittog, er is beim Übn
mit Temprament und voller Kraft.
Im Treppenhaus, ned übatriebn,
erscheint die ganze Nachbarschaft.
Wos hod denn gor so herrlich klunga,
daß s applaudiern vor seiner Tür?
A schlichtes Liad hod er bloß gsunga,
nur »Morgen muß ich fort von hier«.

PLAISIR

# Pech ghabt

Auf Vernissagen mit vui Kunst
bin i direkt vasessn.
A jeda kriagt an Drink umsunst,
und oft gibts aa wos z essn.

Aufgmascherld wia a Zirkuspferd
mach i mi auf die Sockn:
A zünftigs Outfit, wia ses ghört,
an ganzn Kopf voi Lockn.

I konn scho mit mir zfriedn sei
und bin a fesches Madl.
Drauß steig i in a Lagga nei.
D Soß rinnt ma vo de Wadl.

A Wind kummt auf. Wos dua i nur!
Des san ja scheene Gschichtn!
Vawurschteld mir doch glatt d Frisur,
und i konn s nimma richtn.

In n Spiagl schaug i nei. O Graus!
Da linke Strumpf wirft Foitn.
I schaug ja wirklich reizend aus,
find neamd zum Untahoitn.

A Gentleman hod mi entdeckt,
kummt näher ohne Zaudern,
reicht mir ned nur a Glasl Sekt,
er wui aa mit mir plaudern.

Doch dann nimm i a Kanapee,
weil olle se drauf stürzn.
Mei Gentleman haut ob. O je!
Die dean mit Knoblauch würzn.

I hob ma gschworn in dera Stund
so einsam und valassn,
i nimm koan Knoblauch mehr in n Mund,
mögn andre no so prassn.

Geh i heid auf a Vernissage,
a Taxi ruaf i imma.
Perfekt bleibn Gwand, Frisur, Visage,
mei Gentleman kummt nimma.

# Wohr iss

A Kind, des no im Wagerl liegt,
lacht oiwei freundlich, wenns mi siehgt.
Die Äugerl leuchtn wia zwoa Stern
und woin ma sogn, i hob di gern.

I mog an Wind, der ned zu hart
ums Haus und durch n Gartn fahrt.
Es freit mi, wenn er mit mir plauscht
und sanft durch meine Fichtn rauscht.

I mogs, wenns staad is in da Nacht,
und wenn da Regn vorm Fensta sacht
in d Rinna tropft und gluckert recht,
wia wenn er mir wos flüstern möcht.

Mei Lumpi duad, wos eahm grod daugt,
und wenn er no so harmlos schaugt.
Doch is er ehrlich von Geburt,
aa wenn er manchmoi bellt und knurrt.

As Kind, an Wind, an Regn, an Hund,
warum i s nenn, des hod an Grund:
I bin eahna ganz bsonders gwogn,
von dene hod no koana glogn.

# Der Stammtisch in der Bahnhofshalle

Der Bahnhof stand auf einem kleinen Platz am Rand des Dorfes. Das Dach der langen Halle verband zwei mehrstöckige Backsteinbauten, in denen früher im Erdgeschoß die Amtsräume und die sanitären Anlagen untergebracht waren, darüber lagen die Wohnungen für Beamte und Angestellte. Im Sommer boten blühende Geranien und Petunien vor blankgeputzten Fenstern ein freundliches Bild.

In der Halle versperrte ein Eisenzaun den Weg zum Bahnsteig, bis kurz vor Ankunft des Zuges ein Angestellter mit blauer Mütze ein Türl öffnete, um Fahrkarten zu kontrollieren und zu knipsen. Er kannte seine Kundschaft. Nicht selten lief er hinaus, um einen Säumigen zur Eile anzutreiben, nachdem er dem Vorstand signalisiert hatte, mit dem Vorzeigen der Kelle noch ein wenig zu warten.

Dann wurde die Strecke elektrifiziert und in den S-Bahnbereich einbezogen. Nach der Entfernung des Zaunes war der Bahnsteig für jeden zugänglich. Die Gebäude standen leer, die Backsteinmauern wurden brüchig. Hinter den blinden Fenstern pulste kein Leben mehr. Nur ein Kiosk existierte noch im ehemaligen Schalterraum.

Anderl, so hieß der Besitzer, ein alleinstehender Mann mittleren Alters, hatte mit Pinsel und Farbe mitten zwischen beklebten, besprühten und verschmierten Wänden eine anheimelnde Atmosphäre geschaffen. Das Geschäft ging gut, wartende Fahrgäste standen mit Bier- und Colaflaschen herum, was den Kioskbesitzer auf die Idee brachte, einen Biergartentisch und zwei Bänke aufzustellen, Gläser zu beschaffen und sein Getränkesortiment zu erweitern.

Anderl war beliebt, er verstand es, zuzuhören und blieb auch freundlich, wenn die Zeche billig ausfiel. War es draußen warm, kamen nun auch Leute aus dem Dorf. Vor allem ältere, alleinstehende Männer, die aus den verschiedensten Gründen keinen

Beruf ausübten, suchten hier Gesellschaft. Ihre Barschaft war klein, ihre Mäntel, Jacken und Hosen meistens abgetragen. Sie saßen viele Stunden vor einem Bier, was den Anderl jedoch nicht störte. Vor allem ältere Berufstätige, die jeden Tag zur S-Bahn eilten, dachten wehmütig an die beschauliche Zeit der Dampflokomotiven zurück, aber auch sie duldeten die Kundschaft des Anderl. »Die armen Schlucker ham ja sonst nix«, sagten sie sich. Nur manchmal, wenn die Plastikbeutel auf oder neben dem Tisch überhandnahmen, erhob sich eine Stimme:»Deads des Graffe weg, mia san schließlich ned unta da Isarbrückn!«

Die Stammtischbrüder reagierten schweigend, sie randalierten nicht.

Eines Tages tauchte ein Neuer auf, den sie Marti nannten. Er war noch keine fünfzig Jahre alt, sah gut aus und machte im Gegensatz zu den anderen einen gepflegten Eindruck. Wenn die Pendler abends müde von der Arbeit kamen, unterhielt Marti ausgeruht und fröhlich schwatzend die ganze Gesellschaft. Abfällige Bemerkungen fielen, wie »do kummt ma se ja direkt bläd vor, wenn ma jedn Dog zur Arbad fahrt«, oder »mia zahln an Haufn Steuern und so oana macht se auf unsere Kostn an scheena Dog.« Eine Sekretärin meinte:»So krank is der aa ned. A zumutbare Beschäftigung findt a jeder, der wos doa mog«, und ein Beamter erklärte:»Mit so oam hob i koa Mitleid. Der is an seiner Misere sicher selba schuid!« Was nützte es da schon, daß Marti auf seine Umgebung einen vorteilhaften Einfluß ausübte. So trieb er einen ehemaligen Friseur auf, der seinen Stammtischbrüdern für wenig Geld Haare und Bart zurechtstutzte, er suchte in Zeitungsanzeigen nach guterhaltener Gebrauchtkleidung und verhandelte mit den Anbietern, und wenn gelegentlich verführerische Düfte durch die Halle zogen, dann hatte er in seiner kleinen Wohnung für die Freunde gekocht. Doch bei den Fahrgästen galt Marti als arbeitsscheu. Keiner wollte etwas mit ihm zu tun haben.

Den ganzen Sommer über wurde am Stammtisch im Bahnhof getrunken, diskutiert und gelacht. Dann fegte der Wind draußen das Laub von den Bäumen, ein sternklarer Himmel brachte den

ersten Nachtfrost. Der Tisch und die beiden Bänke verschwanden in einem Abstellraum. Beim Kiosk war es still geworden.
An einem trüben Herbsttag stand neben der Türe eine Tafel: »Wegen Trauerfall geschlossen!« Niemand interessierte sich dafür.
Am Fest Allerheiligen traf sich die Dorfbevölkerung auf dem Friedhof. Nach dem Gräberumgang suchten die Anwesenden die letzten Ruhestätten ihrer Angehörigen auf.
Vor einem frisch aufgeschütteten Grabhügel, der mit Kränzen und Blumen dicht bedeckt war, standen die Stammtischbrüder aus der Bahnhofshalle mit betrübten Gesichtern. Einer von ihnen fehlte, Marti.
Am nächsten Tag herrschte am Kiosk Hochbetrieb. Immer wieder mußte Anderl die Geschichte des verstorbenen Freundes erzählen: Seine Frau, auf deren Drängen Marti den Beruf als Koch aufgegeben hatte und Hausmeister geworden war, brannte mit seinem Freund durch. Den Hausmeisterposten konnte er als Alleinstehender nicht behalten, alle Bemühungen, wieder eine Stelle als Koch zu finden, scheiterten. Seine Freunde hatten sich von ihm abgewandt, da verlor er den Boden unter den Füßen und begann zu trinken, bis er zusammenbrach. Erst am Stammtisch in der Bahnhofshalle fand er wieder Menschen, die zu ihm hielten. Er lohnte es ihnen durch seine Fürsorge.
Marti lebte enthaltsam und voller Hoffnung, eines Tages seinen Beruf wieder ausüben zu können, da erlitt er einen Herzinfarkt, dem er erlag, noch ehe der Notarzt eingetroffen war.
Die S-Bahnfahrer gingen zum Gleis hinüber.».....und mia ham eahm ned oa freundlichs Wort gunnt!« sagte einer von ihnen, die anderen schwiegen betreten.
Jahre sind vergangen. Der alte Bahnhof hat einem Geschäftshaus weichen müssen. Anderl übernahm einen neuerbauten Kiosk auf dem Bahnhofsplatz. Die Stammtischbrüder haben sich aus den Augen verloren. Nur Marti blieb noch lange unvergessen. Sein Grab wurde zu allen Feiertagen mit frischen Blumen geschmückt.

# Drei Klosterfrauen

D Sonna steigt ins Morgengrauen.
Mir begegnen Klosterfrauen,
gehnga flott zu dritt.
Sie trogn lange, schwarze Gwanda,
gehnga Arm in Arm mitnanda
und im gleichen Schritt.

S Hoor vasteckt in weiße Haubn,
scherzn dean s, wia Turteltaubn.
D Gsichter san no jung.
Gspräche ham s, die Laune macha,
immer wieda hört ma s lacha
mit Begeisterung.

Doch jetzt kumma s langsam näher.
Ganz verlegen wead da Späher,
woaß ned, wia eahm gschehng!
So vui Frohsinn und Vertrauen
konn ma sonst bei Klosterfrauen
öffentlich ned sehng.

Ob se wohl a Lösung findet,
wos die drei so eng vabindet?
Zwoa schaugn zu eahm her,
dean an fromma Gruaß entbietn.
Doch die Augn von da drittn
san erloschn, leer.

# Für Blinde

Herr im Himme, laß die Blindn,
dene nia mehr d Sonna lacht,
treue Weggefährtn findn
ois Geleit durch Angst und Nacht.

Soi se s Leben für sie lohna,
schenk du eahna Kraft und Muat,
daß sa se ans Dunkel gwohna.
Himmevatta, sei so guat!

Gib, daß eahna Tastsinn bessa
und ihr Ghör no feina wead.
Mach für sie die Hoffnung größa,
daß die Zukunft lebenswert.

Laß d Erinnrung ned vablassn
an die Bleamerl in da Au,
Vögl, Tiere, olle Rassn,
Sonnagold und Himmelsblau.

# November am See

Da See liegt ruhig, Wellen gurgeln leise,
sie wiagn zwoa Boote drübn am schmalen Steg.
Die letztn Stare macha se auf d Reise,
Bachstelzen, Schwaiberl san scho länger weg.

Wuidantn drahn no ihre letztn Rundn.
Sie ruadern wia im Somma hin und her.
Auf oamoi san s im dichtn Schilf vaschwundn.
Jetzt is da große See valassn leer.

San s ned erst kürzlich mit de Biwerl gschwumma?
Für olle Kinda wars die größte Freid.
Schier üba Nacht is da November kumma,
vui z schnell vaganga is die Sommerzeit.

Da Spuiplooz schlaft und aa die Liegewiesn.
Sandkästn stehnga einsam rum im Gros.
Die Schaukeln ragen nauf wia graue Riesn.
Die Bänk san voller Laub und glitschignooß.

Beinah unheimlich, fast wia Gspensta wirkn
im Neblreißn hinta Schilf und Moor
die Weidnbüsch und aa die kahlen Birkn.
Drüba lurt fahl und kaasig d Sonna vor.

A Spuizeigschifferl is am Ufer gstrandet.
Im Rumpf san Löcher, weils da Rost zafrißt,
die untre Hälfte is scho fast vasandet.
A Kind hods sicher amoi arg vamißt.

Die Dog wern kürza und as Johr wead älta.
Da Igl hod beim Schilf a Wohnung baut.
Wenn d Nächte länger wern und es wead kälta,
hoit er an Wintaschlaf bis s wieda taut.

Anfang November hods drei Dog lang gossn.
Im Strandgasthof war ned a oanzga Gast,
drum ham s a Schuid aufgstellt:»Zur Zeit geschlossen!«
Sie öffnen wieda, wenn as Wetta paßt.

Hint überm Schilf senkt se da Nebl nieda,
vahüllt allmählich d Wiesn und an Strand.
Die Raben drübn im Woid schrein hin und wieda,
a dunkler Vorhang legt se übers Land.

Am Weg hör i die kloana Wellen rauschn,
sie murmeln, glucksn ganz in meiner Näh,
ois woitn s über n letztn Somma plauschn,
üba die scheena Stundn do am See.

# Dr. Wiesners Testament

Ein letzter Strahl der untergehenden Sonne fiel in den Wintergarten auf den Adventskranz, an dem eine Kerze zur Hälfte heruntergebrannt war. Marion Dörfler saß im schwarzen Wollmantel reglos davor. Die Zugehfrau trat in den Raum und fragte: »Soi i d Heizung weida aufdrahn?« Die Angesprochene erwiderte: »Naa, danke, Leni. Sie könna Schluß macha für heid!«
Als die Sonne verschwunden war, erhob sich die Frau. Sie verließ das Haus und ging zum Dorffriedhof hinüber, um noch einmal Abschied zu nehmen von dem Mann, der vor wenigen Stunden zur letzten Ruhe gebettet worden war.

Dort war sie ihm vor acht Jahren zum erstenmal begegnet, als sie Begonien auf das Grab ihres Mannes pflanzte. Die Blumen gefielen ihm, darüber kamen sie ins Gespräch, und sie erfuhr, daß er vor kurzer Zeit seine Frau verloren hatte und nun auch allein im Leben stand.

Anfangs trafen sie sich zufällig, später verabredeten sie sich. An einem Tag im Advent, an dem er wegen einer Erkältung nicht ausgehen konnte, versprach sie, ihm ein altes Hausmittel zu bringen. So kam sie zum erstenmal in sein Haus.
›Dr. Adrian Wiesner‹ las sie auf einem blankgeputzten Messingschild. Die weiße Villa stand inmitten einer großen, schneebedeckten Rasenfläche vor dem Hintergrund freistehender mächtiger Bäume.
»Sie lebn ja wia im Paradies!» schwärmte sie, als er in Wollschal und Pudelmütze die Türe öffnete.
»Seid mei Frau nimma lebt, iss lang nimma so schee, wia früher«, meinte er bedauernd. Der pensionierte Fabrikdirektor lud sie ein, das Weihnachtsfest mit ihm zu feiern, von da an war sie ein gern gesehener Gast in seinem Haus. Und ihr bereitete es Freude, zusammen mit Leni das Haus wieder in ein Schmuckkästchen zu verwandeln.
Nun stand sie an seinem Grab. Kränze und Gestecke bedeckten den frisch aufgeschütteten Erdhügel und die angrenzenden Wege. Schon ließen die ersten Blumen in der Kälte der anbrechenden Nacht die Köpfe hängen. Eine wehmütige Stimmung überfiel sie. Da flammten plötzlich an der Fichte neben der Kirche die Kerzen auf. Hatte er nicht erst kürzlich gesagt:»I bin dreißg Johr älter ois du, drum deafst ned trauern, wenn i amoi geh muaß. Ma lebt nur oamoi, drum muaß ma aus jedem Dog s Beste macha!«
Vor ihren Füßen lagen die Kränze der Kinder. »In inniger Liebe«, »Unvergessen« und »In ewiger Dankbarkeit« stand in goldenen Buchstaben auf den Schleifen. Zu Lebzeiten hatten weder die Töchter, die nach dem Tod der Mutter ein Vermögen geerbt hatten, solche Gefühle gezeigt, noch der Sohn, der seit der Pensionierung des Vaters die Fabrik leitete. Alle drei lebten ihr eigenes Leben. Gelegentlich telefonierten sie mit ihm. Nach einem solchen Gespräch hatte er einmal sarkastisch bemerkt:»Die liabn Kinda woin nur mein Bestes, meine Wertsachn, mei Haus und mei Geld!« Sie ging zum Grab ihres Mannes hinüber und machte sich dann auf den Heimweg.
Beim Öffnen des Gartentors schaltete sich automatisch die

Außenbeleuchtung an. Mattes Licht fiel auf den Weg zum Haus, das wie ausgestorben in dem nachtgrauen Garten lag. In diesen Tagen blieben auch die elektrischen Kerzen an der Edeltanne vor der Terrasse dunkel.
Die Kinder Dr. Wiesners lebten in gesicherten Verhältnissen in eigenen Häusern in der Stadt.In letzter Zeit hatte er sich über die Zukunft seiner Villa öfter Gedanken gemacht. Einige der Nachbarn hatten ihre großen Grundstücke bereits mit Mehrfamilienhäusern zumauern lassen, in denen von den Hobbyräumen im Keller bis zum Atelier auf dem Dachboden jeder Quadratmeter ausgebaut wurde; wegen des großen Bedarfs an Wohnungen hieß es, doch die Preise für diese Spekulationsobjekte ließen bei jedem normalen Bürger die Zornesader schwellen. Eindringlich hatte er sie an seinem letzten Geburtstag, es war der zweiundachtzigste, gebeten: »Marion, paß auf mei Haus auf, solang s geht!«
Als sie die Haustüre aufschloß, läutete das Telefon. Adrians Sohn Martin sagte mit forscher Stimme:»Ich möchte mich morgen daheim umsehen. So gegen zehn werde ich draußen sein!«
›Des Haus nimmt eahna scho koana‹, dachte sie ärgerlich und ging in die Küche, um Teewasser aufzusetzen.
Die Glocke an der Türe schlug schon vor zehn Uhr an.»Adrian, steh ma bei!« flüsterte die Frau beim Öffnen. Martin Wiesner grüßte kurz und ging ohne eine Erklärung durch die Räume. Sie folgte ihm und wunderte sich, daß er kaum einen Blick darauf verschwendete. Im Büro seines Vaters setzte er sich an den wuchtigen Schreibtisch und sagte:»Meine Schwestern und ich, wir haben beschlossen, Ihnen für die Betreuung unseres Vaters einen angemessenen Geldbetrag auszusetzen.« Als sie nichts erwiderte, fuhr er mit fester Stimme fort:»Über die Höhe werden wir uns sicher einigen. Wir können großzügig sein. Eine Wohnungsbaugesellschaft will uns ein fantastisches Angebot unterbreiten.« Sie schwieg immer noch. »Und sie unterschreiben eine Quittung, daß Sie keine weiteren Ansprüche stellen!«Sie hätte sich über ein Bild oder eine kleine Antiquität als Andenken gefreut. Daß man sie

wie einen Dienstboten behandelte, kränkte sie. Trotzdem blieb sie ruhig:»I stell koane Ansprüch und i untaschreib nix!«
Martin Wiesner wurde ärgerlich:»Hat Ihnen mein Vater Geschenke gemacht? Waren Sie etwa seine Geliebte?«
›Adrian, verzeih mir!‹, dachte Marion Dörfler, ging wortlos in die Diele, nahm die Hausschlüssel aus ihrer Handtasche und legte sie neben das Telefon. »Des wars dann!« sagte sie entschlossen und nahm ihren Mantel vom Haken.
Er hielt sie zurück und sagte überraschend freundlich in anheimelndem Bayrisch:»Bitte...bitte, bleibn S doch!« Neugierig schaute sie ihn an. Direkt sympathisch wirkte er, als er sagte: »Eigentlich wollt i mit Eahna a Glasl Punsch trinkn und üba mein Vatta redn, aber meine Schwestern wolln jeden ausschaltn, dem unsa Vatta wos vamacht ham kannt. Entschuldigen S bitte, daß i so ruppig war. Jetzt bin i froh, daß ma ehrlich mitanand umgeh könna.«
Er besichtigte die Räume. Als sie ihm das Mansardenzimmer zeigte, in dem sie schlief, wenn sie nicht in ihrer eigenen Wohnung übernachtete, wollte er wissen, warum sie das komfortable Gästezimmer nicht bewohnte.
Sie sagte:»Eahna Vatta und i, mia ham an großn Freiraum braucht, den ma gegenseitig respektiert ham, drum san ma so guad mitnand auskumma.«
Er überlegte eine Weile, dann gab er zu:»Do hob i leida Pech ghabt, drum san bei mir zwoa Beziehungen zabrocha.«
Sie gingen hinunter in den Wintergarten. Palmen, Birkenfeigen, Agaven zeigten sattes Grün, Alpenveilchen, Azaleen und Weihnachtssterne blühten in leuchtenden Farben. In der Mitte des Raumes stand eine weiße Liege mit einer geblümten Polsterauflage.
Im Vogelhaus und an den Meisenknödeln vor den bis zur Decke reichenden Sproßenfenstern herrschte Hochbetrieb, sonst war draußen im Garten alles Leben erstarrt.
Auf einem kleinen Tisch standen neben dem Adventskranz und einer Dose mit Weihnachtsgebäck zwei Gläser und eine angebrochene Flasche Rotwein. Marion Dörfler senkte den Kopf und sag-

te leise:»Heid vor oana Woch ham Eahna Vatta und i zum Abschied no a bißerl Advent gfeiert. Mia ham ja ned ahna könna, daß er die Operation ned übalebt.« Ihre Stimme klang wieder gefaßt.»I hob s Auframa vagessn. Deaf i Eahna jetzt zu am Punsch eiladn?« fragte sie, während sie den Tisch abräumte. Er zündete zwei Adventskerzen an und entnahm einem Etui eine Zigarre.

Das duftende Getränk versetzte sie in eine redselige Stimmung. Wenn die Erinnerung an gemeinsame Konzert- und Theaterbesuche, an Reisen übermächtig wurde, liefen ein paar Tränen über ihre Wangen.

Beim Abschied sagte Martin Wiesner:»Des Haus übernimm i. Des wead ned vakaft, wenn meine Schwestern aa tobn!«

Zur Testamentseröffnung wurde auch Marion Dörfler geladen. Die Töchter Dr. Wiesners rauschten an ihr vorbei, ohne sie eines Blickes zu würdigen, dafür begrüßte sie ihr Bruder um so herzlicher. Unter dem lautstarken Protest der beiden wurde ihr das Wohnrecht in der Villa auf Lebenszeit zugesprochen unter der Auflage, keine baulichen Veränderungen vornehmen zu lassen. Martin Wiesner freute sich und gratulierte ihr herzlich.

Sie sagte:»I ruaf jetzt a Taxi, dann fahr i hoam und trog a kloans Christbaamerl aufn Friedhof nüba.«

»Des mach ma gemeinsam. I fahr Eahna naus«, erklärte Martin Wiesner und ging mit ihr zum Wagen.

# Auf Weihnachtn zua

Vui Leit gibts, die da Gwalt ausgsetzt,
die Hab und Guad valiern,
vui, die an Leib und Seel valetzt,
die Hunger leidn und friern.

Es is koa göttlichs Strafgericht,
des do a Rechnung stellt.
Machtgier, Profitsucht zoagn ihr Gsicht,
schürn Haß auf dera Welt.

Die Zukunftsangst dadruckt oan schier.
Wos is des für a Zeit!
»Frieden auf Erden« wünsch i mir,
doch der is weit, so weit! –

A Evangelium zum Fest,
wenn d Kirch weihnachtlich gschmückt,
vatraute Menschn, liabe Gäst,
a Musi, die beglückt,

a Wanderung alloa am See,
wenn d Sonna niedasinkt,
a Tannabaam, aus dem im Schnee
a Kranz von Kerzn blinkt,

sie soin zur Weihnacht mi erbaun
und soin mia Hoffnung bringa,
damit i gläubig, voi Vatraun
»Vom Himmel hoch« konn singa.

# Weihnachtspost

Zwischen Plätzchenbacken und Geschenkevorbereitung drängt sich unaufschiebbar die Erledigung der Festtagspost in unser Vorweihnachtsprogramm.
»Wieder haben wir ein Jahr lang nichts voneinander gehört«, so beginnen viele der Karten und Briefe, die um diese Zeit die Hausbriefkästen füllen. Der Dezember ist nämlich für die Aufarbeitung von Briefschulden geradezu prädestiniert , liegen Weihnachtsfest und Jahreswechsel doch so dicht beieinander, daß die Glückwünscherei in einem Aufwaschen geht. Und Rationalisierung tut not, denn die ehemaligen Schulfreunde, Kollegen, Nachbarn, Urlaubs- und sonstigen -Bekanntschaften läppern sich im Lauf der Jahre zusammen.
Längst führen wir eine Liste mit den Anschriften, die nach Erledigung jeweils abgehakt werden. Versuche, die eine oder andere Adresse zu ignorieren, führen zu nichts, denn gerade von ihnen erhalten wir dann besonders herzliche Zeichen des Erinnerns.
Hier bietet sich die Möglichkeit, ganz schnell ein nicht minder liebenswürdiges Schreiben auf den Weg zu bringen, um beim Empfänger den Eindruck zu erwecken, es habe sich mit dem seinen auf dem Postweg gekreuzt. Was aber, wenn der Gruß des von uns Übergangenen just am Heiligen Abend eintrifft? Wer nicht auf die Neujahrskarte als Verlegenheitslösung ausweichen will, dem hilft nur die sofortige Absendung einer besonders hübschen Weihnachtskarte mit Glitzersternchen und -bäumchen und dem scheinheiligen Zusatz, daß Vater leider vergessen hat, sie rechtzeitig einzuwerfen.
Solche niederträchtigen Gedanken kommen uns natürlich nur in der Hektik der Festvorbereitungen. Sonst denken wir oft und gern an die Menschen, die uns etwas bedeutet haben, auch wenn Jahre darüber vergangen sind.

Wie wärs, wenn wir für die Weihnachtspost einfach mehr Zeit einplanten, wenn wir ausführlicher von uns erzählten und vielleicht sogar ein Foto beilegten? Ganz sicher könnten wir damit viel Freude bereiten, zumal wir nicht jünger werden, und die Zeit, wo wir den einen oder anderen Namen für immer aus unserer Anschriftenliste streichen müssen, viel früher kommt, als wir ahnen.

# Weihnachtsbotschaft nach Lukas

Domois wars da Maria vakündt
durch an Botn vom göttlichen Thron:
»Du bist auserwählt und kriagst a Kind,
und des Kind wead genannt Gottes Sohn!«

Eahna König Augustus erlaßt
a Gebot an die Bürger im Land,
daß s für d Steuer in Listen erfaßt
und daß s eitrogn wern olle mitnand.

Und sie macha se auf ollesamt,
is aa s Reisn oft ned recht bequem.
Weil da Josef von David obstammt,
muaß er z Fuaß wandern bis Betlehem.

Er wead von da Maria begleit,
denn aa d Braut trogn s in d Schätzlistn ei.
Und sie spürt, für d Geburt weads boid Zeit,
doch es is in da Herberg nix frei.

In der schwerstn Stund iss recht schlecht gstellt,
jeda Raum is belegt, überoi.
Do kummt ihra kloans Büberl auf d Welt,
und sie legts in a Krippn im Stoi.

In der Gegend san Hirtn. S is Nacht.
Wenn de Herdn wos gschiecht, san s zur Stell,
und so sitzn s beinanda auf Wacht.
Do kriagn s Angst, denn auf oamoi weads hell.

Doch a Engl sogt:»Fürchtet euch nicht!
Ich verkündige euch große Freud.
Allen Völkern gilt dieser Bericht:
Eures Heilands Geburtstag ist heut!«

Und es lobt Gott a himmlisches Heer
mit dem Engl, der d Hirtn belehrt:
»In der Höhe dem Herrgott sei Ehr,
und den Menschen sei Frieden beschert!«

Und die Hirtn, sie gehnga zum Stoi.
Wos da Engl vakündt hod, is gschehng!
Daß s beim Kind warn, erzähln s überoi
und lobn Gott, daß ses ghört ham und gsehng!

# Weihnachtsliad

Wohi ma seine Augn wendt,
as Bluatvagiaßn nimmt koa End
und s Elend von de Arma.
S gibt auf da Welt zvui Haß und Neid
und z wenig an Barmherzigkeit,
an Mitleid und Erbarma.

Die Menschen frogn se hilflos, stumm,
warum gibts do koa Huif, warum!
Muaß d Welt im Chaos endn?
O Himmevatta, du alloa
konnst gegn den Mißstand no wos doa
und unsa Schicksal wendn.

Dei oanzga Bua is dazumoi
geborn in Betlehem im Stoi,
is kloa und hilflos gwesn.
A Engelchor hod laut vakündt,
daß d Menschheit jetzt an Friedn findt.
Des Kind wead d Welt erlösn.

Die Hirtn wolltn aa vazagn,
sie warn vazweifelt, niedagschlagn,
an Leib und Seele gschundn.
Sie ham no in derselbn Nacht
se aufn Weg zum Christkind gmacht
und eahnan Trost dort gfundn.

Wenn d Kirchenglockn hell erklingt,
d Gemeinde Weihnachtsliada singt,
da Christbaam strahlt wia immer,
Gib, daß uns aa a Sterndl leucht,
des Not, Vazweiflung, Angst vascheucht,
gib uns an Hoffnungsschimmer!

# Es ist ein Ros entsprungen

Die Wirtin des Gasthofs ›Zur Post‹ betrachtete den späten Gast mit unverhohlener Neugier. Als Johanna Schmidt hatte sich die Fremde vor ein paar Tagen telefonisch angemeldet; der Anruf war aus Mecklenburg gekommen. Ob sie hier Bekannte oder Verwandte besuche, wollte die Frau in der Rezeption wissen, doch Frau Schmidt wich aus, sie kenne das Isartal von früher und wolle sich jetzt, da man endlich wieder ungehindert reisen könne, ein wenig umsehen.

Am Morgen des Heiligen Abends saß sie allein in der Gaststube. Die Wirtin servierte das Frühstück persönlich, die Angestellten waren bereits zu ihren Familien gefahren.

In der Nacht hatte es gefroren, Bäume und Sträucher erglänzten im Rauhreif, geschneit hatte es in diesem Jahr noch nicht. Hausfrauen erledigten die letzten Einkäufe. Niemand beachtete die Fremde, die langsam durch die Straße ging, in der sie vor vielen Jahren ihre Kindheit verbracht hatte. Da und dort waren An- oder Umbauten entstanden, allzuviel hatte sich jedoch in den dreißig Jahren ihrer Abwesenheit nicht verändert.

Die Kirche St. Michael war renoviert worden. Der angrenzende Friedhof schien größer als früher. Auf dem Grab ihrer Eltern stand von Tannenzweigen umgeben eine große Schale mit dunkelroten Eriken. Ihren Vater hatte sie schon früh verloren, die Mutter war vor zehn Jahren nach langer Krankheit verstorben. Johanna hatte alle Hebel in Bewegung gesetzt, um an der Beerdigung teilnehmen zu können, doch die Ausreiseerlaubnis war ihr versagt worden.

Beim Gang durch die Gräberreihen entdeckte sie die Namen vieler ehemaliger Nachbarn und Bekannten. An einem Stein mit der Aufschrift »Irene Weidemann 1918 - 1980« blieb sie stehen. Johanna hatte sie nur ein einziges Mal gesehen, doch jede Einzelheit dieser Begegnung war in ihrem Gedächtnis haften geblieben.

Andreas Weidemann, Musiklehrer an einem Gymnasium und Chorleiter von St. Michael hatte für den alten Liedtext »Es ist ein Ros entsprungen« eine Melodie für vier Solostimmen komponiert, die außerhalb der normalen Chorproben in seinem Elternhaus einstudiert wurde, wo er lebte. Da erschien diese Dame eines Abends. Sie blieb neben der Türe stehen und beobachtete mit glänzenden Augen Andreas, der den Tenorpart sang und die übrigen Stimmen auf dem Klavier begleitete. Im Chor wurde getuschelt, daß sie seine Freundin sei, aber Johanna hatte es nicht glauben wollen.

Sie hatte die Kirche erreicht. Das schwere Schloß ließ sich öffnen. Am Christbaum neben dem Hochaltar stand eine große Staffelei. Zwei Frauen und ein junger Mann hantierten mit Strohsternen, bunten Kugeln und Kerzen.

Niemand beachtete die Fremde in der letzten Bank, deren Gedanken weit zurückgingen. Seit ihrem zehnten Jahr hatte sie im Chor gesungen. Mit großem Eifer lernte sie den Text der lateinischen Messe, die Proben besuchte sie gern, erst recht, als Andreas Weidemann die Chorleitung übernahm, mit dem sie sich nicht nur von Anfang an gut verstand, er förderte sie auch und setzte sie schon früh als Altsolistin ein.

Jäh fuhr sie auf. »Mia san jetzt fertig und möchtn d Kirch wieda zuasperrn«, sagte eine der Frauen. Johanna erhob sich und ging hinaus.

Der Gottesdienstordnung im Schaukasten entnahm sie, daß die Christmette wie früher um 24.00 Uhr stattfinden würde.

Die Kirchturmuhr schlug elf, da fiel ihr ein, daß sie noch ein paar Kleinigkeiten besorgen wollte. Aus dem Lebensmittelgeschäft neben der Metzgerei war ein geräumiger Selbstbedienungsladen geworden. Mit einem Einkaufswagen ging sie langsam durch die Reihen, als sie angesprochen wurde:»Entschuldigung, san Sie ned..... Johanna! Natürlich bist dus!«

Die Angesprochene stutzte einen Augenblick, dann sagte sie: »Rosi! Ja, so a Freud!« Die beiden Frauen verließen den Laden gemeinsam. Eine Einladung zum Nachmittagskaffee mußte Johanna ausschlagen, sie wollte ihre Schwester in München besu-

chen, aber auf dem gemeinsamen Weg gab es Gelegenheit zum Ratschen.
»Du bist uns domois arg obganga im Chor. Host du s Singa ganz aufgebn?« wollte die ehemalige Schulfreundin wissen.
»Naa. I hob sogor Gesangsstundn gnomma«,antwortete Johanna.
Rosis Neugier war noch nicht befriedigt:»Dei Mama hod domois erzählt, du hättst dei Tante in die DDR begleitet, weil s alloa in dem Haus, des s von deim Onkl gerbt hod, ned z Schuß kumma is. Hod dei übastürzte Abreis ned an andern Grund ghabt?«
Johanna senkte den Kopf und schwieg. Mit keinem Menschen hatte sie je darüber gesprochen, was nach der Christmette vor dreißig Jahren geschehen war: Das Lampenfieber der Solisten vor der a-capella-Aufführung, die aufmunternden Worte des Chorleiters, der fehlerfreie Gesang, danach die minutenlange Stille in der vollbesetzten Kirche, und dann hatte ihr Andreas zugeflüstert:»I begleit di hoam!«
In den Häusern gingen nacheinander die Lichter aus. Verzaubert von den leuchtenden Christbäumen in den Vorgärten, der sternklaren Nacht und der weihnachtlichen Musik, die noch nachklang, schwiegen sie.
Da ertönte hinter ihnen eine Stimme, leise, traurig, hilflos: »Andreas!« Er war stehengeblieben und hatte für einen Moment die Augen geschlossen. Dann hatte er sie an sich gezogen und geflüstert:»Johanna, vazeih! Mia redn nach de Feierdog drüber« und war weggegangen. –

Zum Mittagessen kehrte sie in den Gasthof zur Post zurück. Im Lokal warteten ein paar Gäste, vermutlich Alleinstehende wie sie. Nach dem Essen fuhr sie mit der S-Bahn nach München, wo sie von Hilde, ihrer älteren Schwester erwartet wurde.
»Wos mi scho immer intressiert hod«, begann diese das Gespräch, »wos machst du eigentlich beruflich, nachdem du dei Studium herübn obbrocha host? Arbadst du immer no im Krankenhaus?«
Johanna erklärte, daß sie dort gleich nach ihrer Ankunft eine Aushilfsstellung angenommen habe. In der Krankenhausverwaltung

sei sie heute noch beschäftigt, allerdings als Leiterin dieser Abteilung. In Abendkursen habe sie alles nachgelernt, was ihr noch gefehlt hatte.
»Und des Haus von da Tante host doch ned hoitn könna«, meinte Hilde.
»A Neffe vom Onkl hod Frau und Kinda ghabt, do hob i nix macha könna. Aba weil i die Tante bis zu ihrm Tod betreut hob, hod er mir Wohnrecht auf Lebenszeit gebn. I hob a schöne Wohnung. D Tante hod ma ihre ganzn Wertsachn vamacht. Bsuach mi hoid amoi!«

Nun erzählte Hilde von den letzten Jahren ihrer Mutter, die sie bei sich aufgenommen hatte. »Sie hod sich schwere Vorwürf gmacht, daß s di ned zruckghoitn hod. Aber wer hod denn ahna könna, daß die die Mauer baun und koan mehr rauslassn!« Plötzlich wechselte sie das Thema: »Da Andreas hod aa vui Schweres erlebt. Die Ehe hod sei Schwiegavatta eigfadlt. D Irene war domois scho ned ganz gsund, außerdem war s acht Johr älta ois ihr Mo. Aber sie hod n ooghimmelt und da Vatta hod seina Oanzign jedn Wunsch erfüllt. Mailand, London, Wien, Paris, die zwoa san überoi higflogn, wo a bedeutendes Musikereignis war. Die letztn Johr vor ihrm Tod ham s allerdings olle Ferien in Herzsanatorien vabracht. Heid ghört am Andreas die Villa, in der s mit de Schwiegaeltern glebt ham. Gheirat hod er nimma, aba alloa is er sicher aa ned. So a stattlicher Mo....!«
Mit der Ausrede, sie wolle nicht zu spät nach Hause kommen an einem Tag, wo die Straßen menschenleer seien, verabschiedete sich Johanna bald.
In ihrem Zimmer stand ein Fernsehgerät. Sie hatte sich eine Flasche Wein besorgt und ein paar Delikatessen, die es drüben kaum gab, und wollte es sich gemütlich machen, doch im Fach über ihrem Zimmerschlüssel steckte eine Notiz mit einer Telefonnummer und der Bitte Rosis, gleich anzurufen.
Erstmals nach Jahren habe der Chorleiter sein Lied »Es ist ein Ros entsprungen«, wieder einstudiert, nun sei plötzlich die Altistin erkrankt. »Da Andreas wui s mit drei Solistn und Orgelbegleitung bringa, aba des waar doch ewig schod«.

Gloria in excelsis Deo et in terra pax.

»Ohne Proben und dann a capella« gab Johanna zu bedenken, »des geht nia guad.«
Doch Rosi gab nicht auf. »D Sopranistin is scho bei uns. No is Zeit zum Üben.«
Die Chormitglieder waren versammelt, Johanna stand hinter einer Säule, da erschien Andreas, sportlich, wie sie ihn in Erinnerung hatte, nur sein fülliges braunes Haar war schneeweiß geworden. Er grüßte kurz nach allen Seiten und setzte sich an die Orgel. Er begleitete und dirigierte die Chorlieder, spielte die Gesänge für die Allgemeinheit und winkte schließlich die Solisten nach vorn. Nach einem kurzen Orgelvorspiel gab er den Einsatz.
» Es ist ein Ros entsprungen, von einer Wurzel zart«, erklang es vierstimmig. Er stutzte, dann verstummte die Orgel und er wandte sich den Solisten zu.
Nach der Mette wurden Festtagsglückwünsche ausgetauscht.Andreas Weidemann schüttelte viele Hände, eine hielt er so lange, daß man hätte meinen können, er wollte sie nie mehr loslassen.
Nach den Festtagen begann es in Strömen zu regnen. Die Postwirtin schüttelte ungläubig den Kopf, als Johanna Schmidt ihr Zimmer für eine weitere Woche mietete, die Chormitglieder lächelten verständnisvoll und das jüngste von ihnen bemerkte scharfsinnig:»Wettn, daß unsa Maestro ned bloß a Altistin gfundn hod!«

# Zum Jahreswechsel

Wieda is a Jahr vaganga,
oamoi leichta, oamoi schwera.
S große Glück host ned empfanga,
doch oan Jahresring zählst mehra.

D Lebensuhr tickt immer schnella,
lang is d Nacht, so koid und zwida.
Schaug, vo Dog zu Dog weads hella,
und aa d Sonna warmt boid wieda.

Hob koa Angst in dene Stundn,
wo dei Seele woant und trauert,
denk, es heiln aa große Wundn,
wenns aa meistns länger dauert.

Mit Geduld und Gottvatrauen
ois getreue Wegbegleiter
deafst getrost auf d Zukunft bauen.
Es geht oiwei wieda weida.

Mogs die Menschheit no so treiben,
unsa Erdn draht se munta
-und so weads aa ewig bleiben –
oamoi rauf und oamoi runta!

PAIX
A
TOUT PRIX

Von Elisabeth Obalski-Hüfner sind bisher erschienen:

## Zuageh duads
Bairische Gedichte

## Ihr werdts es no dalebn
Bairische Gedichte

## Auf und davo
Bairische Gedichte (z. Zt. vergriffen)

## Kalte Jahre
Roman

## Amselliad
Bairische Geschichten und Gedichte

## Pfüad di God scheene Gegend
Gedichte und Geschichten

## Wos i no sogn woit
Gedichte und Geschichten